问道三江源

文扎　著

青海人民出版社

图书在版编目（CIP）数据

问道三江源 / 文扎著 . -- 西宁：青海人民出版社，
2021.4
（源文化 / 文扎主编）
ISBN 978-7-225-06090-3

Ⅰ . ①问… Ⅱ . ①文… Ⅲ . ①散文集—中国—当代
Ⅳ . ① I267

中国版本图书馆 CIP 数据核字（2021）第 065258 号

源文化　文扎　主编
问道三江源　文扎　著

选题策划：王绍玉　责任编辑：张莞
责任校对：宋巍　责任印制：刘倩　卡杰当周
书籍设计：吾要　刘福勤　杨敬华
封面绘画：吾要　封面题字：古岳
出　版　人：樊原成
出版发行：青海人民出版社有限责任公司
地　　　址：西宁市五四西路 71 号
邮　　　编：810023
电　　　话：0971-6143426（总编室）
发行热线：0971-6143516 / 6137730
网　　　址：http://www.qhrmcbs.com
印　　　刷：北京雅昌艺术印刷有限公司
经　　　销：新华书店
版　　　次：2021 年 6 月第 1 版　2021 年 6 月北京第 1 次印刷
开　　　本：889 毫米 ×1194 毫米　1/32
字　　　数：160 千字
印　　　张：9.125
定　　　价：78.00 元
书　　　号：ISBN 978-7-225-06090-3

浏览器扫码下载　　青海人民出版社
书香青海APP　　　微信公众号

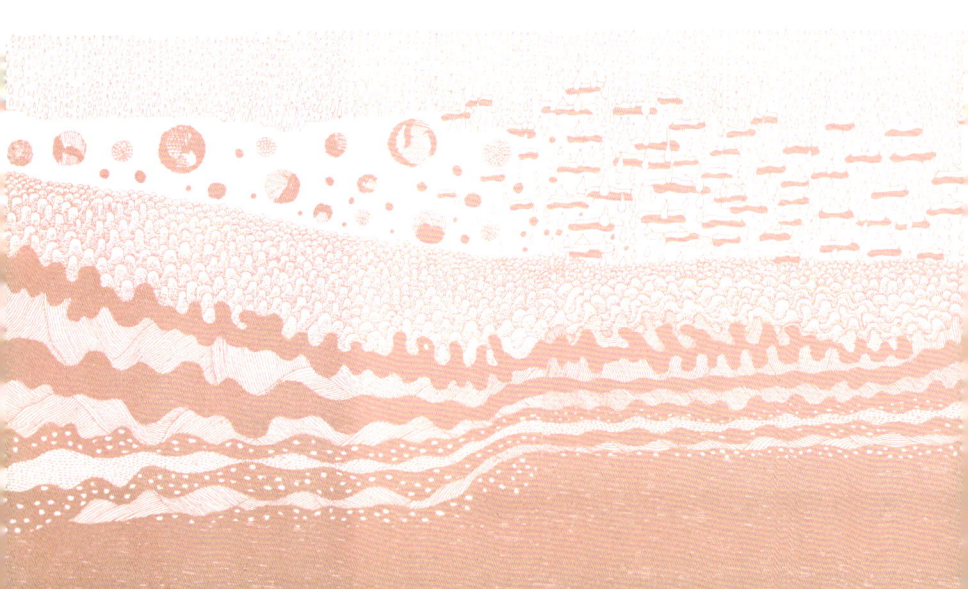

举目江河源

——代序

马丽华

　　青海省玉树藏族自治州治多县素享"万里长江第一县"的美誉，以前多番路过，限于乘车往返于青藏线，连过境游都算不上，直到2017 年 8 月，总算身临其境。这首次到访，是为参加该县举办的简称为"三节"或"两节一会"、全称为"第三届全国嘎嘉洛文化学术研讨会暨三江源国家公园长江源区水文化节和嘎嘉洛文化旅游节"，节庆活动包括集体观摩"源文化"系列展示，"非遗"（非物质文化遗产）剧目演出，乃至传统仪式的祭湖祭河、嘉洛婚庆大典等等；分组活动的各嘉宾群体，包括来自北京和周边省区的格萨尔研究专家、三江源国家公园三大园区的管理者、内地帮扶单位的企业界人士；出席节庆活动的还有作家团队、文化传媒团队，盛会之后还将进行以"源之缘，诗性的长江"为题的采风活动。

　　嘎嘉洛是古地名兼氏族部落名，相传为史诗英雄格萨尔王妃森姜珠牡的出生地，让"嘎嘉洛"一词重新绽放，既是将当地传而承之的游牧文化整合进来，为本地打造一个与众不同的旅游名片，同时也作为格萨尔史诗研究的代名词。从嘎嘉洛文化到源文化，于我而言皆为初闻初识，感觉新鲜，联想到这一节庆活动内容的多元综合，可谓一头连接本土文史，一头连接当代热点：时尚的旅游广宣、超前的国家公园建设，总之，一踏进这个相当边远的县城，原本的高海拔纯牧业县，给我的第一感觉竟然是"信息量好大啊"！

随后，我便见证了这套"源文化"丛书的策划过程。作家团队聚集在县城以外大草坝上的一顶帐篷里，多位丛书作者在场，看来酝酿已久，此为最终面议：落实各人承担的选题、确定完稿时间之类具体事宜。虽多为文科人士，但无论来自青海内外，长期关注源区生态和民生，无一不是厚积薄发，尤其看到兼备地质地理学背景的杨勇参与其中，他可是自 1986 年举步长江源起，就一直在青藏地区进行科学考察探险的学者，所以我当时就在想，这套融自然与人文为一体的丛书读本，稳了！

这套丛书的发起者是文扎先生，不仅如此，听说他还是"嘎嘉洛"文化和"源"文化的倡导者，当然也是身体力行的实践者。此前我同文扎先生素未谋面，不过并不妨碍我们一见如故，他正是我遍访西藏各地所熟悉的那类"额头上有光芒闪现"的、独具乡土特质的文化名人，是地方文化的代表人物和代言人，这类智者对家乡故土的风物风情珍爱极了，且满怀了感恩之情，哪个地方有了他们，便有福了；所承载其上的文化面貌，也会随之生动起来。难得的是，文扎先生并未止步于守望守护，而是与时俱进，孜孜矻矻致力于开拓创新。正所谓"念念不忘，必有回响"，而回响来自方方面面，你看当下，就有这套以"源文化"为名的丛书得以出版问世，当是实体化了的回响反馈。

"源文化"的内涵还在深入探讨中，可能需要补充完善。但就其本义而言，是知性的，更带感情，这感情里包含着乡愁，更洋溢着豪迈之情。你看治多县境内外，北部有昆仑续接巴颜喀拉的群山叠岭，西部是知名度颇高的可可西里荒原；沿着长江上游通天河溯源而上，是唐古拉山脉，那里是长江和澜沧江的源头所在。长江上游通天河流经治多，治多的藏语含义正是"江源"，"源文化"实至名归。

有了得天独厚的自然背景依托，辅以时代背景——坐拥长江、黄河、澜沧江三江之源的青海省，在筹建三江源国家公园的这些年里，生态意识被空前激发，影响到文学界，虽说本土文化原生态天然地契合于现代环保理念，文学创作自带生态环境意识，不乏对人与自然关系的求索探讨，但是近年来在青海，自然文学、生态书写还是被空前强调，生态书写研究紧随其后，上一年在西宁举办青年作者培训班，巨幅标语正是"深耕黄河文化，厚植青海故事"；青海省作协甚至在祁连山国家公园常设"自然文学创作基地"……这些都是唯青海才有魄力和能力展现的文学风景。所以说，青海不仅在国家公园建设方面领先于全国，在生态文学写作方面也是率先垂范。就这一意义而言，"源文化"丛书的出版并非孤立现象，可视为生态书写的一次良好示范。

尽管终于脚踏实地拜访过治多县城，终究还是一过客。回想很多年以前，每每沿青藏公路 109 国道翻越唐古拉山口，春夏秋冬走过。这座了不起的山脉，不仅是青海、西藏的行政区划边界，在自然地理方面也是相当著名的分水岭：按照以北以南的源点流向，成为内流河或外流河。从唐古拉山脉发源的长江与澜沧江，可作为教科书式的现身说法。同属一座高原，多年里我对青海充满向往，不时有所涉笔：20 世纪 90 年代采写过可可西里科考、在可可西里为保卫藏羚羊牺牲的治多县英雄杰桑·索南达杰；进入 21 世纪以来，持续了解有关三江源多项生态工程、国家级自然保护区和国家公园建设等等；写过流经横断山区的澜沧江，甚至为长江、黄河的演化史写过小传……如此常怀崇敬之情，以至于为本文所拟题目，需要用到"举目"，意在无论自然造就还是人为努力，青海始终令我仰望。

三年前在治多县城外的帐篷里，就有动议让我这个虚长几岁的人作序，盛情难却，虚应下来。丛书即将面世，首先祝贺诸位辛勤笔耕的作者们，道一声"辛苦"。当真要我兑现，那就重在参与，只好写下片段感想和一份感动，忝为代序。

2020 年 10 月于北京

目　录

源的坛城

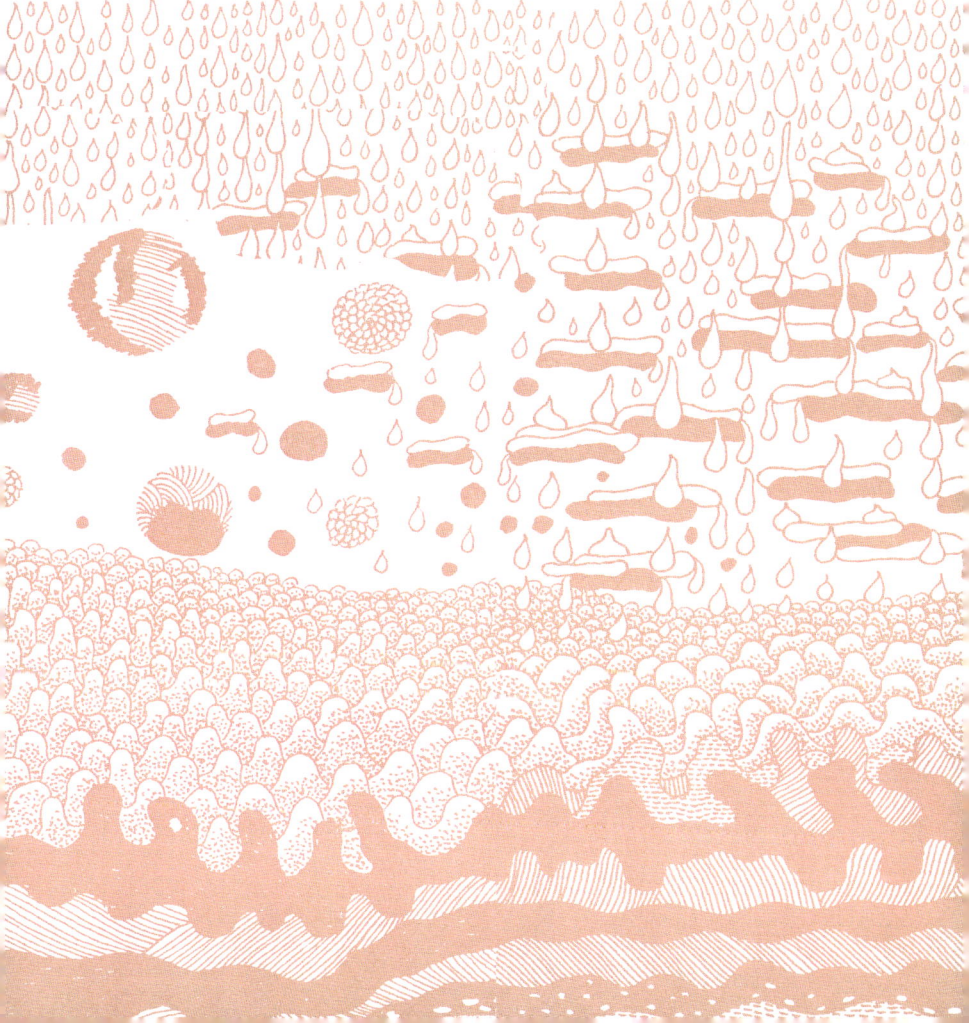

雪 山

　　青藏高原隆起之后，它的边缘有一条雪线环绕了整座高原。其中南部边缘是东西延伸 2400 多公里的喜马拉雅山脉，绵延在中国西藏自治区和印度、尼泊尔、不丹之间；环列青藏高原北缘的昆仑山，西起帕米尔高原，向东一直延伸到黄海之滨；东部边缘是南北走向的横断山脉。这便是雪山环绕的家园。

　　松赞干布曾经感慨道："雪域藏地地势高昂干净，是众水之源啊！"这句话拿到今天讲，更加显得深刻而科学。他也许是第一个跨越雪山，走出大山的赞普，自然也是第一个看到雪山以外景色的人。他的心胸如此豁达，目光如此高远，气魄如此宏伟，或许与他曾经跨越那道雪线有关。

　　环列青藏高原的这道雪线，既是自然的屏障，同时也是一道文化的屏障——外面的文化难以攀越雪线；雪线既是自然的界线，也是生命的警戒线——即使艰难地跨越了这道"生命禁线"，它的生命力已经相当微弱，几乎是强弩之末，因而两大古文明的冲击波并没有湮没远古的本土文化，这为形成博大神秘、独具特色的青藏文明提供了天然的环境和千载难逢的机会。因而千年之后，当一条铁路跨过昆仑大山，伸向雪山深处时，全中国为之欢呼，全世界为之哗然。世界上没有哪一条铁路具有过如此高的声誉和地位，世界上更是没有哪一条铁路配称"天路"。天上来的黄河，通向天的长江，伸向天的铁路，三个诗意盎然而不乏传奇色彩的名称把青藏高原抬升到了离"天"最近的高度。自然的"天意"与人为的"愿力"如此高度地吻合，不能不说是一大奇迹！而这自然与文化吻合的交汇点，便是我们生活的雪山家园！

　　这里雪山耸立，河流纵横。珠穆朗玛峰倚天而立，豪气冲天；昆仑山脉蜿蜒千里，气势磅礴。这里是雪的王国。从雪山脚下淌出的每一条河流都是气度不凡的大江之源，是孕育文明的"生态之源"。这里既有养育五千年中华文明的黄河与长江，也有滋养着异国土地的澜沧江和恒河，是傲然屹立于世界"第三极"的亚洲水塔，更是高原文明的摇篮。对雪山的依赖，对雪山的敬畏，对雪山的崇敬，藏族形成了独树一帜的雪山文化。在青藏高原，有两大颜色是恒久的，一是洁白的雪山，一是湛蓝的天空。几千年来，整个藏民族每天面对着那高耸入云、形态各异、滋养生灵的雪山，他们明白那雪是生养他们的母亲，而山是守护他们的父亲。父亲的大山，母亲的雪，孕育了一个高原民族的文明。

昆仑山脉主峰——阿卿卓纳敦泽峰

在青藏文化看来，每座雪山都有其独特的职能和神圣的使命。冈底斯山脉的冈仁波齐山，传说曾经迎请过佛祖及随从的五百罗汉，在那里开坛讲经，点化雪域众生。因而，冈仁波齐是文明的使者，是佛教的前导，更是不同信仰共同修行的和谐国度。在这里你可以按顺时针方向转山，也可以逆时针行走。不同的语言只对着冈仁波齐讲，不同的眼光只注视着相同的冈仁波齐。念青唐古拉山是主司雪域人间的神灵，曾经代表雪域本土文化对抗过莲花生大师的"圆满法轮"，由此拉开了藏传佛教的序幕。阿尼玛卿雪山造就了威震世界的格萨尔王，一部波澜壮阔的史诗从水晶般的冰川下滴落到人间，撑起了雪域民族的精神脊梁……总之，每座雪山既是神性的，也是人性的，更是青藏文化的始祖和载体。青藏文化的诸多内容并没有被存放在图书馆处理成信息，而是在大自然的怀抱，还没有脱离大自然的母体。

一座雪山的魅力不仅仅在于外表的雄壮和美丽，而在于它的灵性，它所蕴藏的文化含量，它所体现的一种精神，一种审美价值。

一

昆仑雪山是青藏高原最北端的一道自然屏障，跨越这道雪山，天和地、人和物都不一样。祖辈说："昆仑山脉南部和北部的黄羊都不同，山那边的黄羊是红色的；那边的鸟飞不过来，这边的鸟也飞不过去。"这是一道难以跨越的生死界线，是截然不同的两个世界。山的南面是苍茫无际的"阿卿羌塘"，是野生动物的家园、游牧民族的草原、狩猎部落的天地。

从青藏线上向北遥望昆仑雪山，本身就是一种境界！

那天地之间缓缓蠕动的银龙，仿佛就要腾空而起。有人说昆仑山的东头从黄海潜跃到了日本，是横跨亚洲大陆的脊梁，撑着这方阔大的蓝天！

昆仑山，据说是从藏语"贡拉"（雪山）衍化而来。这名称从发音上讲，确实与"昆仑"二字相近，况且从东晋的《拾遗记·昆仑山记》所谓"昆仑山者，西方曰须弥山，对七星之下，出碧海之中"来看，在汉文化当中，"昆仑山"仍然处于神话状态，但是已经非常有名了，它认为"须弥山"与"昆仑山"是同一座大山，那么这世上就没有第二座大山与它比高了。此时雅砻河谷建立的吐蕃王国已有一百多年的历史，居住在昆仑山南部的藏族六大氏族之一的米查嘎氏已经生活了一万多年的时间，因而"昆仑"二字由藏语的"雪山"一词衍化来的看法，至少不是空穴来风。

"贡拉"只是对昆仑山与青藏线交汇处的昆仑山口而言，并非它的全称。昆仑山脉在藏语中称"阿卿贡加"，所谓"阿卿"就是"阿尼青保"，即有万山之祖的意思。在藏族地区授以"阿尼"（祖父）头衔的山并不多，而尊称"阿尼青保"（祖山之尊）的山，在雪域大地唯有昆仑雪山。尽管珠穆朗玛峰高如擎天大柱，而且是传说中的人间二十四大圣地之一，但是它也没有资格匹配"祖山之尊"（阿卿）的称号。从"阿卿"两字上看，昆仑山也许是最早从大海中隆起的山脉，因为"祖山"首先是一个时间性的概念，其次才是一个尊号。《昆仑山记》中的"出碧海之中"，也许指的就是这层意思吧！

二

从昆仑雪山往南过通天河，遥对着"万山之祖"的便是巍然屹立在嘉洛草原的阿尼客嘉嘎瓦雪山。这座雪山位于嘉洛草原六大河源之一的拉日河源，据说是嘉洛家族的四方神山之一，守护在美丽富饶的嘉洛草原西部，像一位白发苍苍的老人注视着这一方土地的沧桑变迁。

传说阿尼客嘉嘎瓦是冈仁波齐赐予康区的一座神山，是西藏桑旦公松雪山之子。阿尼客嘉嘎瓦山神长大后到康区做生意，拉运茶叶，路经嘉洛草原时，被这里的景色所吸引，就决定留在此地祈福众生。莲花生大师曾经从龙宫带来的财宝，就伏藏在此山的东面。格萨尔王时期，嘉洛氏族的长子丹巴坚赞又从这里掘藏了那些神气的龙宫宝物，拿到了闻名雪域的"赛马称王"盛会下了注。

有一位噶举派的高僧在此修行，他在描写这座山峰时，几乎把它当成了须弥山，而且他依照《俱舍论》的描述方式，从东南西北四个方向写尽了此山的形态和神奇之处。长江源贡萨寺活佛，第一世仲·秋吉次成邦巴，当他遵从师傅的预言走向康区进行传教时，曾经在此停留修行。据说，他在此地修行期间，看到了许多神奇的现象，通过修炼观察到这座山峰其实是胜乐金刚的坛城，具备了须弥山的神奇功能。有一天，他走出修行洞，来到此山的东面，心中感到喜悦无比，便唱起了证悟的道歌。不料一碗茶的工夫，周围拥过来各种野兽，都来倾听他的法音。除了各种常见的动物之外，还有独角白唇鹿、独角黄羊等。在青藏游牧民族的眼里，独角兽本是瑞兽，独角的白唇鹿更是千年一遇的福神。因而这座雪山在当地牧民中更是传得神乎其神。相传，阿尼客嘉嘎瓦雪山是守护游牧民族的神山，传说阿尼客嘉嘎瓦山神每年秋收季节都要去玉树州府结古镇一带收割青稞。据说，古时结古扎西科有一位十分了得的咒师，他每年都会阻碍阿尼客嘉嘎瓦神山收割青稞——因为阿尼客嘉嘎瓦雪山神灵收割青稞总是以冰雹雷电的形象出现，而扎西科的咒师却凭借一块乌黑的巨石作法。二者旗鼓相当，难分胜负。阿尼客嘉嘎瓦山神一气之下将那块乌石拖到了相距200多公里之外的多彩河源。说来也奇怪，当年阿尼客嘉嘎瓦山神拖拉乌石的痕迹至今清晰可辨。从扎西科到多彩河源有一道长长的辙痕，这道痕迹与乡村公路相叠处几乎不用修理便是一条天然的道路。自从扎西科的咒师失去了那块乌石之后，他便再也斗不过阿尼客嘉嘎瓦山神，所以这位游牧区的山神每年都是满载而归。世居神山附近的一位前辈说：他曾经在被猎杀的野牦牛鬃毛间看到过青稞穗子。老人们说那是阿尼客嘉嘎瓦山神去结古一带的农区收割青稞时用过的驮牛。结古农业区的人到了秋收季节就会忌讳提阿尼客嘉嘎瓦雪山的名字。这种习俗一直延续到 20 世纪 50 年代。从结古镇到阿尼客嘉嘎瓦雪山相距 260 多公里，这在以牛马为交通工具的时代，可算是非常遥远的距离。可结古人为何如此忌讳在秋收季节提起阿尼客嘉嘎瓦雪山？又为何能在距离农田 260 多公里以外的野牦牛身上看到穗子呢？那一道贯通农牧区之间长而深的辙痕又是什么呢？这一系列现象用"神话"二字解释得了吗？

阿尼客嘉嘎瓦雪山的地位在牧民心中越来越高了。倒不是因为它有预示年景好坏的功能，也不是有些高僧所说的它已经修炼到了"八地菩萨"的缘故，而是由于传说中它具备另一个非常现实而魔幻的功效——古时候，牧民们有赶着牛羊"转神山"的习俗，据说牲畜转阿尼客嘉嘎瓦神山能治百病；孕妇转阿尼客嘉嘎瓦神山能保母子平安；转一周相当于念了莲花生大师心咒一亿遍；此山通脉于冈仁波齐，具有不可限量的神力。但是这终究只是远古的传说、新编的童话。

阿尼客嘉嘎瓦雪山

草　原

　　雪山脚下那一望无际的土地便是各种生灵，包括植物繁衍生息的草原。近年比较时兴说"草原"。什么"张三草原""李四草原"。仅仅几百亩的平坦地也毫无顾忌地称"××草原"，其实人类这些无知的"概念"将草原弄得支离破碎，加上漫无边际的网围栏，大草原消失了，那些习惯于撒开腿东奔西跑的动物，它们的眼里对此充满了疑惑。草原本是大自然赏赐给天下生灵的公共场地，是生命轮回的家园。如今这草原变得私欲熏心，充满了矛盾和杀气。网原本是捕鱼的，如今却撒向了草原，而它捕捞的不是鱼，是草原的生命。

　　我真不知道如今还有没有真正意义上的草原。草原在我的印象中，首先是无拘无束的，应该像脱缰的野马，或者如超脱的瀑布；其次是辽阔的、无遮无拦的，像波浪翻滚的大海，包容所有的生命，人世间的一切奇迹仿佛都可以在这里发生。当然还有总爱从高处俯瞰草原的岩羊，想在开阔的平地甩掉天敌的藏羚羊和黄羊，在搬迁时鱼贯而行的藏野驴，远处飘来炊烟袅袅、牧歌声声、鹤的长调、马的嘶鸣，匆匆穿行其间的狼总是在东张西望，仿佛是守望草原的牧人。

　　我不知道草原的概念应该包含什么。听祖辈讲，在长江源头的聂恰河谷，有一片草原，世称"嘉洛草原"。一位千年一出的绝色佳丽，名曰嘉洛森姜珠牡，她从这里一脚踏进了举世闻名的《格萨尔》史诗，踏向了千古美女的神坛。她曾经给嘉洛草原下过一个定义，称其为"十全福地"。"十全"说出了嘉洛草原的大小。她说这草原有六大源头，即查涌河谷、拉日河谷、多彩河谷、恩钦河谷、米考河谷及顿代河谷、银湖浪涛、雄霸长崖、巍峨的颇章达泽山，这便是闻名雪域的嘉洛草原！它其实涵盖了整个长江源治多县的多彩乡、同卡村、日青村的土地，足有两万多平方公里的面积。

公元 1000 年前左右，这里水草丰美，牛肥马壮，处于草原生态最鼎盛的时期。藏族六大氏族之一的嘉洛氏族在这里繁衍生息。到了格萨尔王时期，嘉洛氏族成了闻名雪域的富豪，空前绝后的岭部赛马会在嘉洛草原举行，同样空前绝后的三大赌注下在了这里：一是倾国倾城的美女嘉洛森姜珠牡；二是富可敌国，被誉为财神多闻天化身的嘉洛丹巴坚赞的家产；三是统率朵康六岗的王位。这种纵横天地的大气之举，嘉洛草原或许是最合适的舞台。

这方草原自古闻名天下。由于这里的草原每到盛夏季节，整个河谷都像绿如宝石的巨大盘子，因而得美名"玉雄"，又缘于嘉洛氏没落的后裔，遂称其为"玉树"，藏语意为"遗址"。玉树草原西接西藏，北通新疆，唐蕃古道穿腰而过，曾经名噪一时，因而"玉树"二字覆盖了整个"二十五族"的昨天和今天。

作者在故乡

生　灵

　　雪山环绕着绿草地，中间生灵无数，这便是青藏高原生命的坛城图。

　　这座生命的坛城却有六大门。所有的生命都从这里出去，又从这里进来。从生命的本体上讲没有什么高低贵贱，只是六种不同性质的存在形式。生的一刹那连接着死亡，而死的瞬间便是生的开始。这生死的通道就是六道众生，即串联在生命轮回上的六大生命存在的形式。世上所有的生灵都流转于这生命轮回的轨道上。六扇生命之门是吞吐生死的六大神秘之门，即天、非天、人、畜牲、饿鬼和地狱。这六类生命存在的形式便是青藏文化中对于动物的广义理念。六类生命诞生是通过胎生、卵生、幻生及湿暖生的形式出现的，而且这生命飘荡于一呼一吸之间，非常脆弱。生命出现之后，他们认为有两大不可逃脱的规律，即生与死，但生命何时死亡没有定期，因而生命对于生活在高原的人们显得无比珍贵。他们不仅对自身生命加以珍惜，而且对周围生命也同样给予关注和关爱，所以在青藏文化所覆盖的范围中，生灵大致是"六道众生"。

彩粉坛城

牧人与时空

坐落于长江源头嘉洛驻牧地的治多县，历史上称"玉树"部落。他们居住的地域范围大致是今玉树藏族自治州的治多县、曲麻莱县（除东风、巴干乡）、海西蒙古族藏族自治州的沱沱河乡、杂多县的莫云乡和当云乡的一部分，土地总面积约 20 万平方公里。

1730 年，清朝官员勘定各族地界时，按照当时各部落自报的领地，"玉树四族"的土地面积比上述还要大得多。世传当时呈报领地范围时，玉树族的代表将自己的地形图比画在皮袄上进行陈述，深受朝廷官员的赞许。此事在民间传为佳话，至今津津乐道。相传，在给朝廷官员陈述地域界线时，有这样的描述："牙莫当三条江是地之领子，腰系万里长江，头顶三十九族，足踏二十五族……"这种气吞山河、指点江山的气势居然来自大山深处的一位牧民之口，确实令人刮目相看。

当时虽然有历史悠久的"唐蕃古道"从这里通往汉藏重地，而且在通天河的第一大渡口——楚玛尔河七渡口有"玉树四族"之宗举族专司摆渡，但在今天看来那也不过是一条"乡村小道"而已。至于信息，用现代人的眼光去评价，一定会用"闭塞"一词而论。当地牧民对拉萨有另一个非常生动的称呼，叫"尼玛拉萨"——太阳落山的地方。字里行间表达的意思就是"遥远"，就像曾经一度把"青海"称为"在那遥远的地方"一样。

但是陈述自己家乡的山水怎么就有如此大的气魄呢？或许这与游牧民族的文化有着天然的联系。从小受牧区文化熏染的人，就知道每当夜幕降临草原的时候，在星光下，无数酥油灯照亮了一双双充满好奇的眼睛，远古的传说弥漫整个空间，想象跨越雪山，驰骋于无际的草原。尤其是讲到山水时，记忆超群、巧舌如簧的故事老人，会插进一段"数点江山"的精彩片段。每当讲到这里，不管是《格萨尔》，还是其他传说故事，总有一个格萨尔王坐骑类的形象会腾空飞越高山，从天空俯瞰人间，或者是攀登上一座高峰远眺山川大地，从印度的兀鹫山说到中国的五台山，从阿里三围说到卫藏四如、朵康六岗，说得每座山活灵活现、传神入微。曾经有位记者让一个从未走出过治多县的格萨尔艺人说唱"五台山"。听完说唱艺人的唱词后，记者感到非常震撼，说有一种身临其境的艺术美感。由此可知，当年在朝廷勘界大臣面前，把部落地图描画在皮袄上"指点江山"是一件多么轻松自在的事啊。

游牧与农耕文化在本质上有着天然的区别。所谓"游牧"，是流动的、变化的、开放的；而"农耕"却是一种固定的、程式化的、保守的文化。游牧在空间上至少会随着草场与牲畜的转移而流动，依据自然的变化而适应。尤其是青藏高原的游牧区，四周是连绵的群山，每翻越一座山峰，就有一道不同的风景，致使身处大山的人们总想象着山外的世界，那山外未知的世界引诱着游牧人的心，因而尽管他们在现实空间上跨越不了多少山水，但是精神的空间却比较开阔，甚至每个游牧人的心里都装着一副"亚洲地形图"。他们对于山系的命名和河源的认定有着相当丰富的科学内涵，对山水空间的认识具有十分准确的角度和概念。在他们的眼里，周围每座山都有亲属关系，有的还存在君臣、师徒关系，在世代相传的口头文化中都能够查到那些山水的"户口"。位于治多县西部拉日村境内的阿尼客嘉嘎瓦雪山，它的头衔是"客嘉"，即财神之王，属下有妻子——拉玛曼底山，大臣——拉日达宁山，放牛者——口前贝果山，牧马人——君司日玛山，太医——贝果求赤卡等。总之，这里有一座属于山的国家，静静地遵循着它们国度的古老习惯，承载着一个游牧民族最悠久的历史。他们将艺术扩展到了自然界，让自然变成了艺术的载体，变成了艺术的圣坛。在他们的眼里，一座山既是自然的，同时也是人文的，但是自然与艺术之间不立文字，不着痕迹，山即是人，人即是山。这种空间上的大胆跨越也许只能在游牧民族的想象中才会产生。

精神空间的大胆超越，直接投射到时间上。时间对于游牧人来讲是粗线条的，而且是无处不在的。昨天和今天之间没有明确的界线，去年和今年之间除了十二属相的变换外，月亮还是去年的月亮，太阳也是去年的太阳。一天的时间看着太阳的脚步而定——当晨光洒向大地,帐篷顶上飘出一缕青烟,牛羊走出圈窝;雪山拖出长长的影子,暮归的牧鞭声响彻云霄;月亮从上弦变化到下弦,尽管它的阴影部分的位置发生了变化,但是从初三到二十,每一天都有一个十分形象的名称,无法逃离游牧人的视线。当旱獭封洞、棕熊匿迹、河流结冰时,他们知道这是冬天的预报;当雷声隆隆、雪山下流水潺潺、黄鸭盘旋于沼泽上空时,它们透露的是同一则消息——春;当绿草遍野、花香四溢、蜜蜂忙碌时,他们知道生产的季节到了,就开始打酥油、剪羊毛、缝制帐篷;当草原一片金黄,空气中弥漫开牛奶的香味,黑颈鹤带着幼仔试飞时,牧人知道那是收获的季节……游牧人的日子与那人为的"时针"没有关系,也不从那假设的三百六十五张日历中穿过,月亮是他们每天翻看的日历,太阳是掌握早晚的时钟,银河、北斗星是季节流转的证据。还有用祖辈们丰富的阅历判断年景好坏和掌握时机的能力——岩羊产羔时有一连几天的阴雨,那叫"岩羊产羔穿石雨";而野驴产仔时有七天的晴天,那叫"野驴晴天日";白唇鹿发情时多云阴天,那叫"鹿鸣交配日",他们知道这期间不下雪,冬天就不会有雪灾;天鹅、黄鸭们带着幼仔浮水的那一天就是"世界煨桑日",这一天就要攀高峰、挂经幡、撒风马……

游牧人的日历是大自然,游牧人的日子是一番风景。游牧民族是一个富于想象的民族。他们生活在两种不同的时空中。

在雪山环绕的家园中过着寒来暑往、日出日落的日子，这是现实的时空；在宇宙这口大的器皿中孕育了六道众生中轮回的生命，外部宇宙如母亲、如蛋壳，孕育其里的生命如婴孩、如蛋黄。宇宙孕育了生命，生命依偎在自然的怀抱，从一个微小的尘粒到巨大的宇宙天体都运行在一条不可逃脱的时间轨道上，这轨道便是产生、形成和灭亡。而孕育其里的生命从蝼蚁到人类世界，只有一条时间通道，那就是出生、衰老和死亡这样一条不变的轨道，这是他们精神的时空观念，同时也是宇宙大道！

藏野驴

青藏文化的根

——牦牛文化漫谈

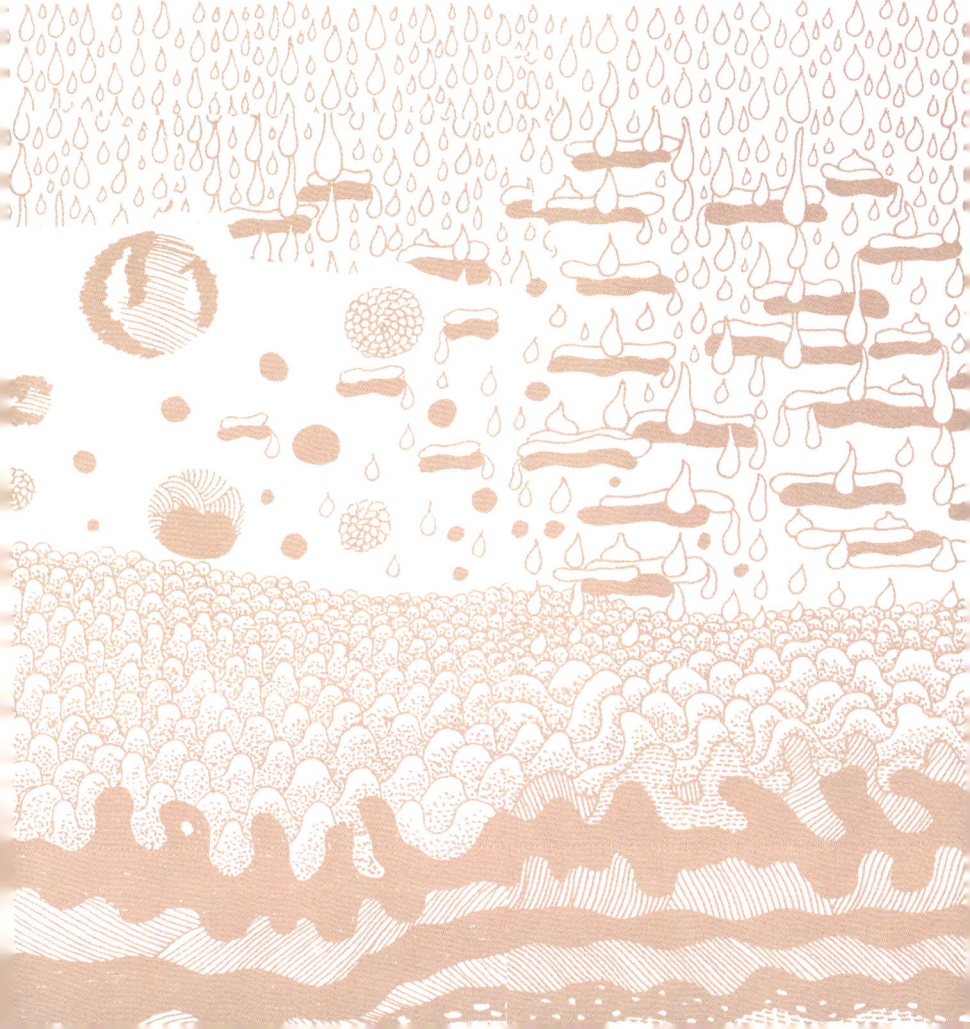

2018 年 8 月，玉树州第五届牦牛文化论坛在素有"万里长江第一县"的治多县城举办。主办方邀请了数十名全国著名的专家学者，集聚"珠牡故里"，共话千年牦牛文化。我作为被举办本次活动的东道主邀请来讲"牦牛文化"的学者，接到这样的任务，一开始有些胆怯——在从事研究牦牛的众多专家中，我怎敢胆大妄为，讲什么"牦牛文化"呢。但我的心念在"牦牛"二字上停顿时，感觉似乎有一种难以言表的亲切感。其实，当我细细咀嚼"牦牛"这一概念时，我才发现自己与牦牛之间的距离那么近。看到"牦牛"二字，我就仿佛能够触摸到那静默于青藏大地上的庞然大物。我母亲曾告诉我，当年母亲生下我时，正好骑着一头驮牛。那是在转场途中，突然一阵剧痛，母亲从牛背上滚落到一片沼泽地里。随之，我就来到了人间。因此，我从出生的那一刻起，就和牦牛有着割舍不断的联系。于是，我接受了任务。

　　说牦牛，尤其是要说牦牛文化，从细节上讲，每个游牧人的心中，一定有说不完的故事。但就"牦牛文化论坛"而言，我想不适合讲细水长流式的故事，而是应该有一种鸟瞰大地、飞越千山万壑般的气魄。故此，我选择了深入浅出、由大渐小的艰深模式，想通过"青藏高原""长江"等几组宏大的题材，最终引出"牦牛文化"的话题。

冲向猎人的野牦牛

一

　　被称为世界"第三极"的青藏高原，本身成了一则神话故事。

　　当我们翻阅《柱下遗教》《贤者喜宴》和《西藏王统记》等藏族古老的史书时，总是通过观世音菩萨慈悲的目光，看到史前的青藏高原，那是一片不见边际的汪洋。因此，在阅读"青藏高原"这部千古奇书时，若有可能，便要观想着观世音菩萨的视角。从足够俯瞰地球的高度，静静地观察"第三极"浮出古海的壮观场面。这些史书作者的视角相当独特，几乎有一种将地球置于眼前而开始向你娓娓道来的架势。《贤者喜宴》的作者记载观世音菩萨第一次俯瞰青藏大地时写道："上部阿里三围状如池沼，中部卫藏四如形如海渠，下部朵康三岗宛似田畴。这些均淹没于大海之中。"据科学考古发现，两亿年前，长江流域仍被古地中海占据，青藏高原一片汪洋。

　　斗转星移，不知过了多少个春秋。观世音菩萨第二次降临雪域地理中心，站在卫藏四如区域的红山之巅（布达拉宫所建之山）。那时，整个拉萨河谷都被浸没在水里，四周的山上却像夜幕垂落般到处是茂密的森林。各种凶残的野兽互相厮杀，尤其是沃塘湖泊区（今大昭寺所在地），像是无间地狱的大门，那痛苦无法忍受。

　　又不知过了多少年，也许是一个漫长的地质年代。"那沸腾的大海渐渐变得清凉。在雅砻河谷的东段，山体忽然洞开，卫藏四如的水都渗入山洞，消失得无影无踪"，史称"贡格曲拉"，即贡布河丢失的地方。"其他一切水也渐次流入贡布地洞。雪域山川由此显露出来。"这是青藏高原从大海诞生、演绎的精彩画面。科学考古发现，1.8亿年前，青藏高原开始显露昆仑山、可可西里山、巴颜喀拉山等。昆仑山，藏语称其为"阿卿冈日"。通览整个青藏高原的山水地名，唯有昆仑山被尊称为"阿卿"。即祖山之尊。从这里，我们不难发现亘古以来从高空俯视青藏高原的那道目光，又一次捕捉到了最早从大海浮出水面的巍巍昆仑，并命名为"阿卿冈日"。在古汉书《拾遗记·昆仑山记》记载："昆仑山者，西方曰须弥山，对七星之下，出碧海之中。"这恰巧也写出了昆仑山浮出海面的状况。

又一个地质年代过去之后，我们通过观世音的慈悲目光，仍然从高空俯瞰青藏高原——"上阿里三围是鹿、野驴等草食动物的家园，中卫藏四如是野兽虎豹等的栖所，下朵康六岗是鸟类禽兽的天地。"考古发现，大约3000—4000万年前，青藏高原隆起，古地中海消失。此时的青藏高原，成了野生动物的乐园，到处充满着生命的气息。

二

青藏高原开天辟地，沧海桑田的地质变迁，似乎不仅仅是一种自

昆仑野牦牛

然演化的现象。它仿佛在为某个神秘的物种搭建平台。假如我们将数以万计的地质年代，用藏族史书的宏阔笔法表述出来，那么仅仅一纸半页就足够写清它漫长的演化过程。

青藏高原从茫茫大海中缓缓浮出海面，高原台面上的海水从贡布地洞渗漏，流向大海。高原开始出现生命的气息。上阿里三围出现了一种巨型草食动物，被后来的人类称其为"雅"(yak)。考古推测：氂（古读"雅"）牛距今 300 万年前，生存在欧亚大陆东北部。后由于地壳运动、气候变化而南移至青藏高原。但是，从字源学的角度讲，全世界所有民族，对牦牛的称呼都源于藏语的"yak"(གཡག) 字。在汉语中的"牦牛"二字，是因误读而形成。最初在古汉语中的"yak"叫"氂"，读"雅"，称"氂牛"。后来，将"氂"误读为"毛"，随后演变成"牦牛"。不管怎么说，对于生活在青藏高原的游牧人而言，我总是无端地觉得"牦牛"是青藏高原的化身，青藏高原又是"牦牛"演变而来。有一首《斯巴宰牛》歌，在藏族民间流传很广。这首古老的创世歌，表达了游牧人对于雪域高原的认识，表达了对"牦牛"的情怀，更道明了游牧文化的精魂。诗是问答形式的，具有鲜明的"鲁体"诗的特点：

斯巴宰杀小牛时，

砍下牛头放哪里？

我不知道问歌手；

斯巴宰杀小牛时，

割下牛尾放哪里？

我不知道问歌手；

斯巴宰杀小牛时，

剥下牛皮放哪里？

我不知道问歌手。

　　问得如此简单，好似一首童谣。只是其中的"斯巴"有些深奥，不论把它翻译成"世界""宇宙"，或者"天地"，对于儿童，确实过于深奥。它的回答，更是出乎意料。话题一下子提升到探讨"世界"真相的哲学高度。诗中有这样的回答：

斯巴宰杀小牛时，

砍下牛头放山上，

所以山峰高耸耸；

斯巴宰杀小牛时，

割下牛尾放路上，

所以道路弯曲曲；

斯巴宰杀小牛时，

剥下牛皮铺大地，

所以大地平坦坦。

  诗中想要表达的是"青藏高原"的形成过程，但是我深深地感受到，这语言背后有另一层更加深厚的情感表达。对游牧人而言，牦牛是游牧人的山川大地，游牧人的世界就是牦牛。所以，有游牧人基因的我，总是无端地认为牦牛是青藏高原。我们从倾注了无量智慧的古老汉字中隐约感知到这样的情怀——所谓"游牧"，游的可是"牛"字旁的"牧"。假如我是一名画家，我会将青藏高原绘成一头牦牛。这是一头回眸东方的白色牦牛，它的背景是浩瀚的宇宙星空。巍巍昆仑是它坚实的脊梁，那透着水晶色的梅里雪山和珠穆朗玛峰便是闪耀着日月光芒的犄角，而那开山劈岭的黄河、长江、澜沧江和怒江，该是它顶天立地的四条腿柱，它的尾巴从柴达木盆地一路延伸到蒙古高原，玛旁雍错湖和纳木错湖是一双回眸东方的眼睛。观自在的道场——布达拉宫恰好位居在它的心脏部位，因而它全身弥漫着悲天悯人的利他情怀，除了给予，没有别的行为。又因为它浑身是人类生存和生活所需要的宝，便尊称为"诺尔"，即珍宝。是世间一切宝物的母亲或者是"源泉"，其他如金银珠宝类，在藏语中称之为"诺布"，即子宝。真正意义上的母宝就是"鳌牛"，就是"诺尔"。

三

白牦牛，是比较稀少的牦牛品种之一。在青藏牧人眼里，它象征着财富和神灵。吐蕃王朝七大贤臣之首——如来杰是位力挽狂澜的一代伟人。他除奸臣罗昂，平息了吐蕃内乱。尤其是他开创了烧木取炭，冶炼金属的技术，利用二牛抬杠的耕田方式，引水灌溉，大河架桥，大力开发了种植业技术。就是这样一位开天辟地式的人物，却有一段非同凡响的传奇经历。如来杰，其意为：从牛角里出生的。史书记载：当罗昂谋杀了直冈赞普，娶其公主为妻，把原王后发配当放马员。王后到野外放马时，入睡梦见与一位白衣俊男交合。醒来时，看见一头白牦牛从她身边走过。王后怀孕满月时，生下一团蠕动的血块。不忍心抛弃，将其装进一枝带有温度的野牦牛角中，用牛奶喂养，细心呵护。因有适宜的温度等条件，不久从牛角里生出一个可爱的男孩，遂取名"如来杰"。有些史书记载，那头神奇的白牦牛，是青藏高原创世九尊神山之一——雅拉香波神山显灵。所谓创世九尊神山，用现代人容易理解的语言来说，就是2亿年前，青藏高原最初从大海中露出来的九座山峰。

其实这九座创世之初的神山，就由九头白牦牛在守护。雅隆文明是青藏文明之源。而雅拉香波雪山孕育滋润了雅隆文明。雅隆是藏语音译，尽管我们无从知道"雅隆"的最初含义，但是，从藏族人命名山川地名的文化心理去推测，"雅隆"二字很有可能是由"yaklung"（野牦牛谷）演化而来。当我们探寻"雅鲁藏布江"命名的历史时，我们发现这条孕育青藏文明的大江，从源头启程的那一方土地开始，就被赋予了神圣的使命。逆着雅鲁藏布江寻根问祖时，在这条青藏文明的母亲河源头，弥漫着生命的气息。寻根到源头，神圣的冈仁波齐像一位先知，静立在生命的源头。雅鲁藏布江的源头，其实就是冈仁波齐周围的"四条口泻河"之一——马泉河。所谓"四条口泻河"，就是从类似四种动物头像的口中流泻而出的河。以圣山冈底斯山为核心，从其东面类似大象的口中流泻的河为恒河之源，称其为象泉河；圣山南面类似孔雀的口中流泻的河为印度河之源，其名曰孔雀河；从圣山西面类似骏马口中流泻的河为雅鲁藏布江之源，美其名曰马泉河；从冈底斯圣山之北似狮子口中流泻的河为徙多河之源，其名狮泉河。四条大江的源头皆以动物命名，似乎预示着每一条大江都维系着生灵无数。

马泉河从源头一路奔泻而下，流经后藏，流至山南市乃东县境内，雅拉香波河注入了马泉河之后，始称雅鲁藏布江。雅砻河谷是吐蕃三十二代王朝建都的中心，也是青藏文明发祥的母地乐土。雅拉香波神山是青藏文化的守护神，也是吐蕃崇拜敬奉的神山。据说，公元前200多年的某一天，当吐蕃十二位苯教智者在敬奉神山时，路遇一奇人。问他来历，他以手指天。智者们便认为是天神下凡，遂请他当国王。他们请求他一要当没有首领的族群之王（或许叶蕃王在某次与野牦牛的激战中牺牲，族群之中暂无人出来当国王。此时，还不是世袭制，应该是勇者为王的时代）；二要做没有主人的野牦牛的牧主。吐蕃第一代赞普接任王位时，曾经提出吐蕃是否有偷盗，是否有毒，是否有野牦牛等疑问。他们回答："偷盗有对治，毒有药，野牦牛有制服的武器。"从这里不难发现，要当吐蕃国王，并非一件美差。既要治理野性十足的吐蕃人，又要制服横行于雅砻河谷的野牦牛。赞普是吐蕃时期治理国家的最高官位名称，直译过来就是"强者"。这名称与国王、首领等有所不同。所谓"赞普"，首先必须是从智力和体格上能够战胜那些驯养野牦牛的群雄中的强者；其次结合雅砻河谷的地理特点，又必须是能够制服野牦牛的勇者。

从藏族人命名河源的一贯做法和充斥早期吐蕃王朝的野牦牛故事来看，我倒是有一个大胆的推测——雅拉香波雪山，起初的命名很有可能与野牦牛有关系。"雅拉"是"yaklha"（ག་ཡག་ལྷ་），就是吐蕃首位贤臣的生父，那头神奇的白牦牛，即野牦牛神。从雅拉香波雪山流出的雅拉香波河，注入了马泉河之后，便成了著名的雅鲁藏布江。其意就是野牦牛谷的河。由此推而演之，雅砻河谷的文明，就是牦牛文明。

四

追寻一个民族的精神源头，必然会涉及一条滋养万物的江河。青藏文明的母亲河是神圣的雅鲁藏布江。而在这条孕育青藏文明的大江之源，我们与从远古走来的牦牛不期而遇。

从吐蕃早期的六牦牛部，吐蕃第一位贤臣如来杰的身世，我们似乎可以推想，在青藏文明形成的早期，藏族人与野牦牛一路相伴而来。从早期的对抗、博弈到最后的和谐，从某种程度上讲，青藏文明的雏形是在人与野牦牛博弈的过程中形成的。从自然法则而言，野牦牛是在青藏高原漫长而频繁的地质灾变中生存下来的具有强大生命力的神奇物种。藏族人的祖先在与如此强悍的物种长期博弈的过程中找到了生存的机会。正所谓物竞天择，适者生存，实属不易。佛祖所谓缘起缘灭，或许说的就是这样一种道理。假如没有野性强悍的野牦牛，那么，青藏文明的曙光至少会是另外一种颜色。吐蕃在与野牦牛的争战中崛起于雅砻河谷。它的强势曾经锐不可当，势如破竹。吐蕃第三十二代赞普松赞干布时期，横扫了整个青藏高原，统一了青藏高原诸族，形成了能与唐朝抗衡的强大高原帝国。牦牛如同青藏文明的催生剂，它的强大和野性，挫锐了吐蕃王朝的生命力。正如在黄河的无数次泛滥和洗礼中历练了华夏文明的超强生命力。尽管野牦牛是草食动物，没有肉食动物那么凶残。但是，一旦惹怒了这个庞然大物，哪怕只剩最后一口气，它也会将对手置之死地而后快。一位杰出的猎手，从来不会轻易打伤一头野牦牛。据说被打伤的野牦牛，会一路追赶猎手，穷追不舍。即使猎手躲进沼泽地里的水坑，它无法用犄角来抵，也会用那带刺的舌头舔向猎手，还会用

牦牛赛

那千斤重的蹄子踩，最后会用身躯压住洞口，直到猎手生命终结。我想，藏族人的祖先在青藏高原生存繁衍，遇到最频繁、最强大的对手，一定是状如山丘的野牦牛。长江在藏语里称为"母牛河"。长达 800 多公里的通天河沿是牦牛岩画最集中的地区之一。青藏民间流传着这样一句古老谚语："大河、悬崖和野牦牛是勇者无法对决的。"

2007 年 11 月和 2016 年 4 月，我曾两次穿越可可西里。除了可可西里那亘古独一的旷野给人的震撼外，留给我印象最深的是拍摄野牦牛时所发生的那些事情。从远处看，野牦牛和家养牦牛之间没有多大区别。因为我从小在牧区长大，所以我不怕牦牛，而且自认为熟悉牦牛的脾性。第一次去时，我拍到的是一头受伤的野牦牛。因我的相机镜头焦距不够长，所以用车追了一阵儿那头野牦牛。它可能前腿受了伤，跑起来很是艰难。尤其是从后面看它一瘸一拐的样子，我都有些怜悯它。大约追了四五分钟，仍然没有拍到满意的镜头。此时，我所坐的车冲到了那头野牦牛的前方。我们停下车回头看时，那头野牦牛把尾巴上扬到后腔之上，毫不犹豫地朝我们冲过来。我急忙对准镜头拍摄时，眼前几乎一片漆黑。从它的鼻孔里呼出的气流，像即将落地的云雾。这哪还是刚才一瘸一拐的野牦牛。此时，几乎不能用"冲"字来形容它的架势，那简直是一团漆黑的夜幕向我扑过来。我感觉即刻就要被那夜幕所吞没。

第二次是在可可西里南部滩地。那次我们有两辆车，一辆冲到一头野牦牛的前方，准备拦截并进行拍摄。当前面那辆车冲到野牦牛前大约200米距离处，突然刹车准备拍摄时，那头野牦牛便义无反顾地冲向前去。当即将到达那辆车的后面时，野牦牛的前蹄深深踏溅出一抔沙土。尽管那个季节大地还未解冻，但是，大地经不住那头野牦牛的千钧冲力，它的四周立即扬起一阵沙尘暴。顷刻间像是踩了雷，炸开了一窝沙石。我正好在斜对面，立即按下快门，拍到了这一壮观的瞬间。当那头野牦牛突然刹住前蹄时，我几乎感觉到大地都在微微震颤。当然，我所遇到的野牦牛，大概也就是七八岁的年轻公野牦牛。20世纪60年代，在当曲河东部草原捡到的最大的野牦牛头骨，据说两角之间可以盘腿坐下两个成年男子。与此相比，眼前的这头野牦牛几乎小了一半多。然而，就算是如此大小的野牦牛，当它怒气冲天，像决堤的洪水冲卷而来时，也令人有种山崩地裂的恐惧感。

　　能制服、驯化野牦牛的族群，一定有勇猛过人、健壮如牛的体格。而能够统治这样一群族人的人，在藏族祖先的古词汇里，"赞普"一词也许是最准确的表达。因此，在统领吐蕃的最高官衔里，就隐藏着藏族人的祖先与野牦牛对峙、博弈和被驯化的漫长而惨烈的历史。

五

　　"家养牦牛是由野牦牛驯化而来的"，这是根深蒂固的传统观点。不论科学考古找到了怎样的依据，但是这种世代传承的看法，似乎与

长江南源当曲

独步千秋（嘉洛大帐篷）

巨型帐篷与土灶

真实更靠近一些。二者的区别在于，前者是推测，后者是一种经历。因此，我确信，青藏游牧文化始于野牦牛的驯化——公元前三四百年间，在雅砻河谷出现的六牦牛部，一定是最早驯养野牦牛的一群族人。

青藏高原的人类，从有史记载开始算起，至少与牦牛相处了 2200 多个春秋。在如此漫长的时间里，我们的祖先从与野牦牛对峙、博弈，到驯化成家畜，曾经一定发生过无数次惊心动魄，甚至格外惨烈的故事。当雅砻河谷的第一代吐蕃赞普坐镇江山时，雅隆部落已经具备了制服野牦牛的技能和武器。

2018 年 7 月，我陪同我的朋友，著名作家古岳到聂恰河源头的达森草原考察冻土、冰川和游牧生活时，就涉及了关于野牦牛、狩猎等话题。聂恰河是嘉洛族人的母亲河，也是通天河南面的最大支流。聂恰河发源于恩钦拉根雪山和冰川，与澜沧江源区的冰川雪山同处一个区域。山南面的所有溪流都注入了澜沧江源，而山北面的每一滴水都融入了恩钦河，最后汇入了聂恰河。生活在恩钦河源区的达森牧人，从 20 世纪七八十年代开始，在源区冰川融化处，陆续发现了一些野牦牛尸体、箭和箭头等。他们捡到的箭，有的箭头是青铜，有的是铁器，而箭杆几乎都是竹子。据一些考古鉴定专家认为，这些箭有两三千年的历史。这与雅砻河谷的狩猎时代遥相呼应。2000 多年前，雅隆部落族人回答吐蕃第一位国王聂赤赞普问难时，说他们已经拥有制服野牦牛的武器。我敢断定，那所谓的武器，就是弓箭。因此，游牧文化的前身是狩猎生活。藏族人的祖先从狩猎时代起就与野牦牛结下了不解之缘。直到今天，青藏高原的居民，仍然与牦牛有着千丝万缕的关系。

在千年的游牧生活中，藏族人对牦牛的认识达到了无以复加的境界。世界上哪个民族对一个物种的认识、开发和利用程度能达到如此娴熟的境地呢？在藏语中，牦牛的早期名称叫"yak"。藏族人与牦牛经过千年的博弈和相处，对这一物种有了更加深刻的认识。从对立、相持到和谐，最终产生了一种感恩的情怀，便约定俗成地命名为"诺尔"，即珍宝、母宝之意。在藏族的观念里，精神领域的无价之宝是佛法僧，被尊称为三宝，而在物质世界里价值连城的是珍宝，这聚宝世界里的代表便是"诺尔"。这恐怕是藏族人对牦牛文化画龙点睛式的标题，整个青藏游牧文化便是"诺尔"一词的演绎。我们不妨做这样的假设：假如这个世界只剩下人类和牦牛两个物种，那么生存下来的民族里一定有藏族，而且会是活得最滋润的民族之一。从某种程度上讲，千年的青藏文明，是不断开发、升华牦牛价值的历史。住，牛毛帐篷是青藏游牧人发明的最具实用、方便，充满天地智慧的居所；吃，源自牦牛的乳制品和肉食，是青藏游牧人健壮体格的根源；行，被誉为"高原之舟"的牦牛，是游牧草原、生命流动的"大运河"。甚至连牦牛的粪便，都成了游牧人环保且丰富便利的燃料。总之，牦牛对藏族人而言，寻常得像水和空气之于生命，但是细细推究青藏游牧文化的每个细节，牦牛身上浓缩了游牧人在漫长历史长河中的每一个发现。

通向天的江

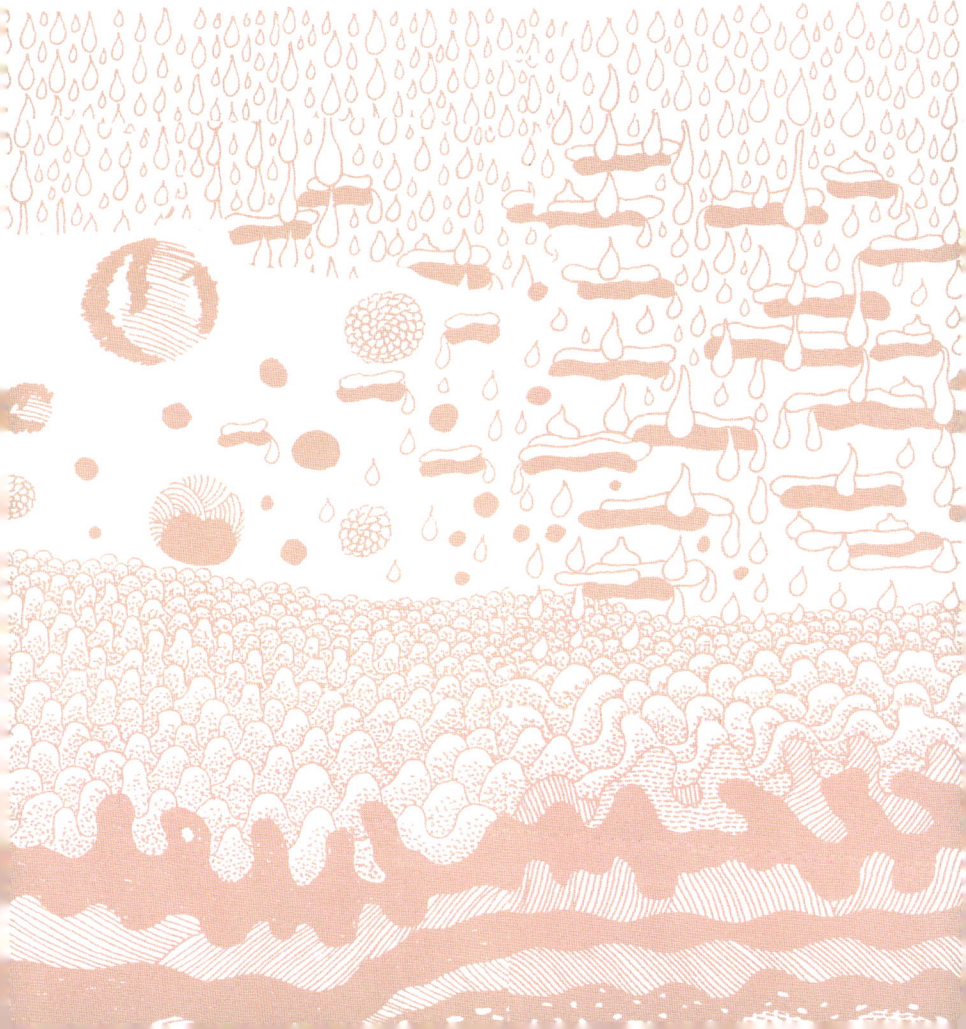

冰 川

　　从大地上隆起的这座高天厚土，在形成的初始就彰显了它不凡的气度。印度板块与欧亚板块的亲密接触，改写了地球的历史。从大地上缓缓抬升的是一座献给生命的曼陀罗，世界从此开始仰望这片神奇的土地。一幕大自然的历史演绎剧在云遮雾绕的大山间开始了它生命的历程，大地上的每一株小草、每一个生灵都感觉到了演绎变化的存在。它向着太阳、向着太空升腾，从珠穆朗玛峰之巅俯瞰着熙熙攘攘的人间。长江、黄河从这里向东倾泻而下，一路欢歌，浩气冲天。滋养了维系江河流域的生灵，孕育了绵延 5000 年的华夏文明。那里时而狼烟四起，时而歌舞升平，也不乏传颂千年的创举。他们背负苍天，面对黄土耕耘着自己的田地。长江与黄河从不给他们以喘息的机会，在大江的暴怒与滋润的洗礼中浇铸着一个民族的精神，他们从自然到精神都筑起了一道固守千年的"长城"。他们很少将猎奇的目光越过那道千年的防线。但 1000 多年以前的某一天，一位诗人终于抬起了他高昂的头颅，目光向上，再向上，一声"君不见黄河之水天上来"的绝唱从此响彻千年。长江便直接被尊称为通天大江，而那通天的一头

江源冰川

便是这座献给生命的曼陀罗。

雅鲁藏布江、澜沧江从这里抬步迈进了异国的土地。藏族史书记载：青藏高原曾是一片汪洋。上部的阿里地区湖泊遍地，中部拉萨地区河流密布，下部朵康地区是巨大的蓄水池。后来在高原的东南面决堤而出，河水退了场，形成了雅砻河谷。一个民族从猕猴的神话中来到了人间，完成了一次自我超越，孕育了一个生命的诞生，连通了民族和国家。

象泉河和狮泉河从南面倾斜而下，每一滴水珠负载着神秘与梦幻。一个古老的文明从信仰的浸泡中绽放开来。千年的期盼，梦想着越过那高耸入云的喜马拉雅山，去叩拜那众水之源，世界中央的"须弥山"。恒河从天界滴落到这里，夹带着冈仁波齐圣洁的水珠，一个古老的文明国度就世代接受着她的洗礼。珠穆朗玛峰的突兀拔高了他们的想象，炎热的气候向往着清凉的天堂。大智大慧的佛陀在一个民族仰望的尽头寻觅到了一处唯一坐落于人间的净土——雪山环绕的香格里拉。佛如是说：从这里越过九座黑色的山峰，是雪域藏地，其北部是没有人间忧愁，没有燥热与欲望的香格里拉。两块古大陆不由自主地相撞，撞出了令众生仰视的喜马拉雅山脉，撞出了珠穆朗玛峰的高度，撞出了献给生命的曼陀罗——青藏高原；而两大古老文明的神往与仰视，造就了雪域博大神奇的文化。

一

青藏高原通体充满着清凉，蕴含着晶莹剔透的水，她裹着一层厚厚的冰衣，遥对着地球的南极和北极。

这是一座冰清玉洁的曼陀罗，是造化奉献给生命的杰作。佛说：日月星辰捧拥的须弥山！如此气吞山河的博大或许是唯一配作青藏高原的礼赞。从这座"须弥山"上垂挂的几条大江，各有各的源头。生存在这片高天大地上的人们，对于水源的关注几乎是与神话同期的，在近代诸多探源学者涉足之前，对几条大江的源头未曾产生过怀疑。长江称"母牛河"，黄河谓"孔雀河"，皆以源头地形地貌及其远古传说而命名。目前仍在沿用此名，这与本地历史文化有关。他们对于源头似乎更有说服力，更加从容镇定，而且从来不唯探源者的确认而改变称呼。但是许多外来人开始对新确认的大江源头产生了兴趣，并以走进江源探险作为一种勇敢者的标志和寻祖归根的行为。

长江源最新确认的源头是唐古拉山主峰各拉丹冬雪峰。这里千里冰川、万里雪峰，是雪与冰的家园。走进这冰雪世界，你能够零距离触摸万里长江的第一滴水珠，想象"大江东去"的波涛与气势。它的生命从冰川中滴落到大地，挥笔中华大地，融入宽阔无际的东海。回首相望，千山万壑的尽头便是擎天冰柱——各拉丹冬雪峰。

各拉丹冬雪峰在雪域高原可以说是一座"后起之秀"。她的出名

圣洁的各拉丹冬雪山

并非青藏高原众多雪山因其神性地位而著称于世的那样，她的闻名包含着更多与青藏文化异样的现实内容。各拉丹冬自从被确认为万里长江初始流出地之后，尽管在本地文化的观念里仍旧只是一座"高高尖尖"的雪山，但在外部世界的眼里早已变成了"生命之源"，因而越发显得高大而深刻。

我也应了这种时尚，前后两次踏进了这片被世人关注的冰雪世界。

第一次是2002年7月，时值治多县建政五十周年前夕；第二次是2007年11月，时值治多县建政五十五周年前夕。

第一次走进这片神圣的土地时，我对这座雪山的了解除了科学探源者们提供的零星信息外，几乎没有任何背景知识。作为这片土地的主人，我真有些羞于面对这座山峰。"各拉丹冬"这四个字在我的印象中最初是以汉字的形象出现的，而后便有了诸多望文生义的藏语翻译。幸好，在雁石坪遇见了曾多次为旅游探源者带路的一位本地人。他是一位非常健谈的人，我从这座山峰的名称开始向他请教有关它的历史。他说有一次带领一批旅行者去了各拉丹冬山脚下，那时已是下午。当太阳快要落山时，晚霞染红了西天。从各拉丹冬的背景里，他看到了一尊巨佛，慈悲的慧眼中发射出霞光万道……我想这便是"各拉丹冬"的文化诠释吧！"各拉"有"山身是一尊佛"之意，而"丹冬"有"冰珠之矛或者水晶之矛"之意。我这时更加深刻地感受到雪域祖辈们命名山河的寓意。更加使我感到惊奇的是，各拉丹冬东侧的那几组冰川。从远处看，冰川从雪峰往下涌流，有一种势不可挡的动感，仿佛亮出了冰川涌动刹那间的造型。山下便是身态各异的冰塔林，藏语美其名曰"冈加却巴"——奉献给众生的冰塔林。这名称本身就是一首晶莹剔透的诗，一首牵动千年文化的史诗。千百年惊天动地的锻造、雕刻，孕育了献给众生的冈加却巴！巧夺天工的冰塔林，是生命源不灭的胎记。

我没有想到青藏文化能够生存到如此严寒的高度——这里海拔5300 余米，除了一些苔生植物外，几乎没有生命的迹象。

第一次来到这块神奇的土地，尤其进入那迷宫似的冰川塔林中，时间仿佛长了翅膀，眨眼工夫就已经是黄昏。此时我的照相机其实早已"弹尽粮绝"——随身携带的胶卷没有了，我只好恋恋不舍地离开这一尘不染的净土世界。那晶莹闪烁的水珠走出冰川，踏向千山万壑时会有与我相同的感想吗？当它离开母亲的怀抱将要远渡重洋之际，或许会和我一样回眸告别那"生命之源"吧！大自然的手笔永远是无与伦比的。当我向着那宗教般神秘的雪山和冰塔回首，默默地近乎祈祷般作别时，一抹晚霞染红了西天的净土，太阳缓缓地沉入雪山的那一边，顿时万道霞光从各拉丹冬雪峰后洒向天空，致使我们这一行旅人无所适从。此情此景用人间最美的诗句赞美都有点小气，甚至会打扰或者亵渎这幅美景。我的同伴们大都已经忘我了、返璞归真了。有的五体投地在叩首，有的合掌默祷，有的静立一隅。一位来自首都北京的朋友感慨道："我终于明白青藏高原为什么会产生宗教了！"

时隔五年，我又一次踏上通往"生命之源"的道路。从噶曲河下游向上望去，各拉丹冬雪山坐西向东，背靠唐古拉山脉，脚踏万里长江，遥望波涛汹涌的东海，胸膛里激荡着大海的波涛，在天的尽头亭亭玉立，是天造地设的"生命源"巨碑！那挥洒自如，穿山越岭，滋养生灵的"滔滔东去"便是它的碑文吧。

当我仰望雪峰，踏进那冰清玉洁的天地时，我记忆中的那一方净土消失了。那如林的冰柱、那千姿百态的冰塔不见了，献给众生的"冈加却巴"冰川不见了！迎接我的第一座冰柱，它满身透着孤独和凄凉，那闪着寒光的利剑直刺向天空，仿佛在追究一个千古难释的问题。五年前，这座冰柱与那片冰林血脉相连，看到如此气势磅礴的冰川，我暗自嘲笑过那些惊呼"冰川退缩"的悲观主义者们。可如今这座孤独的冰柱分明向我昭示："冰川退缩，雪线上升"是人类的一道"魔咒"。它在等待那"魔咒"的出现，等待那无声的消失！我默默地祭奠了那座末世的"英雄"，继续向"冈加却巴"冰川走去。

刚才那座孤独的冰柱总是在我的眼前，恍惚间我仿佛变成了它，它的疑问也变成了我的困惑。我终于不断地发出：为什么？为什么？为什么会消失？我将问题直追问到雪峰的脚下，我和雪山中间只隔着一道冰墙。夕阳下，那冰墙显出一位白发苍苍的老者的轮廓，他千年的沉默里蕴藏着宇宙乾坤的哲理。我走到这哲理的尽头，才醒悟到这"千年智者"面对的真是我不解的困惑。于是我仓皇而退，从迎面那两座冰柱间，我分明看到醒目的"人"字形蓝天。我该为谁祈祷？又该为谁忏悔呢？最后一抹夕阳洒在这静默千年的冰塔上，我立即按下快门企图把这番美丽的"瞬间"变成"永恒"，但黄昏从天边渐渐围拢过来，夜幕将会笼罩这片土地！

二

回到家乡，一个古老的传说从记忆中走来。这或许是冰川的召唤。冰川与冰川之间有着某种神秘的连接吧？

可可西里的冰川与各拉丹冬的冰川完全不同。可可西里的冰川是冷与热的结合，是冰与火的相容。冰川从布喀达板（卓纳顿则山）雪峰下涌卷而来，刹那间凝固在半山腰上，仿佛在等待一次惊天动地的巨变。距离冰舌末端百米处却是一个沸沸扬扬的火热灶台。从这火山口喷出的热气直逼凝固的冰川，地球的极冷与极热仅在这里同台表演，"热"与"冷"在大自然的智慧中可以是近义词吗？面对这种现象，我仿佛窥探到了人类哲学的摇篮。人间一切过冷的或过热的矛盾冲突拿到这里加热或冷却一下，或许会化解成近邻和友谊，只要你听懂大自然的语言。当我向那火山口伸手时立即感觉烫手，而触摸那冰川时却寒冷刺骨。同样的东西却有着如此不同的感觉，难道这是我的错觉吗？它想告诉人类什么千古秘密吗？

把思绪从可可西里收回到通天河的南部，去看看曾经与祖辈有过交流的那一座雪山吧！

这是一位美丽的少女。她掌管着长江源区女性的美丽与聪慧。她的芳名叫昂措麦龙，意为"天鹅湖镜"，姓属米查嘎氏。这是一座远近闻名的雪山。她坐东向西，洁白无瑕的脸稍稍带着羞涩侧向北部。从远处看，如十五圆月露出东山之顶。祖辈传说，从相距千里之遥的拉萨市北山之巅，能够看到这轮明镜似的"圆月"——她的芳名从此远播了。而且这位美丽女神的管辖地，确曾出过一位千古佳人珠牡——格萨尔王的王后。她是一位曾经触动过千万雪域男儿的绝色佳人，无数英雄甘愿为她倾家荡产，抛弃江山，丢弃性命……她的美是无价之宝。

美丽女神那圆月般的脸盘，是千年不化的积雪，是长江源头海拔最低的冰川。居住在这里的牧民不知道从什么时候开始就审视着这座美丽女神的脸盘，预测着来年的年景和未来人世的变幻。他们确信：一旦那美丽脸盘有了瑕疵，这年的年景必定不好；而整个脸盘变成黑色时（冰山消融），这世界就要发生翻天覆地的变化。

我从各拉丹冬的夜幕中走出之后，怀揣诸多疑问来到昂措麦龙雪山前，和我的祖辈一样的目光望着她的面颊，抖落出我所有的问题。她静静地望着远方，目光穿透未知的岁月。那皎洁的脸盘轻轻地着落于东边的山头，一动不动。沉默如罗丹的《思想者》，沉默如宇宙的黑洞。

昂措麦龙雪山与湖泊

江　河

藏布——纯净的江河

也许是历史的巧合吧，但仔细想来也有一种必然在里面。藏族，这个居住在青藏高原的民族，这个称呼的由来我想是源自地理的。因为这个民族的发祥地是雅鲁藏布江流域，是雅鲁藏布江孕育了雪域民族的文明。这里的"藏"字实际上是由藏语音译而来的，是雪域民族对江河的一种总称。藏民族自称为"刚坚巴"或者"卡哇坚"，即"有雪的地方"或"雪域"，是以雪命名的一个民族。

领略过地球"第三极"风光的人们，他们知道，在这里视线范围之内频频出现的一个镜头便是雪。这称呼确实名副其实——在盛夏的七、八月份也能看到漫天飘扬的雪花。不论用哪种称呼，都与江河有着天然的联系。雪是大江大河的源头，是孕育民族文明的母亲。一个民族与江河同源于雪山，而且他们血脉里流动的是源自雪山的江河，因而对雪山的无限崇敬胜过世界上任何一个民族，对雪山的审美情趣也没有哪个民族能够达到如此伟大的美学高度。

雪来自天空，是凝结的甘露。因而从雪山下流淌的河水是天下最纯净的水，能够洗涤人间的一切污垢。因为源自雪山的水是具有"八功德"的江河，所以藏族人称江河为"藏布"，即"清洁者"或者"纯净的拥有者"。他们的环境是干净的，他们的天空是湛蓝的，他们的心灵是纯净的，他们向往极乐净土。

一位来自喜马拉雅山南面的佛教大师——阿底峡尊者，当他看到流淌于雪域大地的条条清澈晶莹的河流，曾无限仰慕地感慨道："你们雪域人是多么有福气啊！如此纯净的水供献给三宝，将会积无量功德！"一位超凡脱俗的佛教大成就者，对冰雪之水居然怀有如此崇敬的心情，或许具有更加深刻的象征意义吧！不管怎么样，从雪山冰川之下流淌的河流是天下最纯净的河流，它冰清玉洁，位列"八功八德"水之首，能够洗涤不洁之身，净化心灵，行善积德，制造福田。

对江河之源纯净观念的延展，形成了对河源的珍爱和保护的习俗。因而在巍峨的雪山下，纯净的江河之源总有一些飘扬的经幡、石刻的经文和袅袅吹拂的煨桑之烟。那可是雪域藏族人献给水世界的祭品，也是对生命之源朴素的敬礼！

源自雪山的江河称为"藏布"，它流过雪山环绕的家园，流过一个民族的精神田地，在流出青藏高原的众多河流中，能够荣幸地被尊称为"藏布"的是孕育雪域民族的母亲河——雅鲁藏布江。然而不仅被称作"藏布"，而且冠以"大"字的江河是横贯中国东西的巨龙——万里长江！

母牛河——长江

长江在藏语中被称为"治曲","治"有母牛之意，而"曲"是江河的称谓。这个名称直接与万里长江的源头有关系。

藏族人居住的地方是一片众多河流发源的地区，因而对于河流的源头及其命名自有其独特的文化和科学的内含。正如黄河源自一块湿地，从远处看好似孔雀开屏，所以当地人称黄河为"玛曲"，意为孔雀河；长江源自一座从形似母牛鼻孔的山丘中喷涌而来，故称其为"治曲"，意思是母牛河。直接以某种动物命名河流源头，而且以藏族人喜爱的动物形象树立在那里，是千古文化为江河源树立的天然之碑！

当他们听到"终于解开了长江发源之谜"等报道时，他们并没有感到丝毫的激动和惊奇。当然那种穷追不舍的科学探源精神是值得称赞的，但是探源者们经过艰苦跋涉后才发现的源头，其实不过是早在几千年前便流动于自家门前的一条小溪，他们对其熟悉得如同自家兄弟。

有关"长江"的记载见之于《朗氏家谱》《格萨尔·赛马称王》等藏族古老的史书和史诗。至少早在公元 1000 年前，藏族人称这条亚洲巨川为"治曲"，这就意味着长江的源头早已有了定论，甚至可以说长江的命名与青藏高原的神话时代是同期的。或许人类神话时代确曾构筑过文化的通天"巴别塔"吧！

象鼻吸水

相传远古时期，大地出现了特大干旱天气，万物凋敝，土地干裂，众多生灵濒临灭绝的边缘。苍巴天神为了拯救天下苍生，特派"长江"下界泽被万物生灵。"长江"最初只从天界直泻大地，是名副其实的通天大江，苍巴天神为了永泽大地，便命其下界为人间的河流。于是"长江"提出两个请求：一、希望从天界如意神牛（雌性）的腔体中降世到人间，祈愿自己变成养育天下万物的乳汁；二、希望从金子铺设的河床上流过，解救众生贫困，以显示其不同凡响的王者风范。于是，通天大江从一头神牛（雌性）的鼻腔中喷涌而出，变成了人间的"大藏布"之后，当地的人们就称其为"治曲"——母牛河。

　　又有一则神话故事讲，巍然屹立于通天河北岸的尕朵觉悟神山，是雪域高原创世九座神山之一。它在布局和创造长江流域的地理时，从铺设了金垫的河床上请来了泽养万物的母牛河。据说尕朵觉悟神山是具足慈悲心的菩萨。当年它迎请母牛河时，一路上避免伤害生灵，尽力造就福德，惠及万物。于是，绕过村庄，拐过牧场，遇神山静静盘绕，及至草原，润泽万分。一道大湾，可万马奔腾，千羊汇聚；可施展千里牧场，建立万千城镇……这则神话并不仅仅是长江的脚注，人们不难从这则神话中隐约感知，汉文化对长江源头的那种气势磅礴的称呼——通天河；从巴塘河口到四川宜宾这一段被称为"金沙江"，这些居然与藏族关于长江源的神话有着惊人的吻合，这不能不使人感到好奇。

据汉文记载，人们探寻长江正源，从中国地理古籍《尚书·禹贡》有记载的年份开始，到 20 世纪 70 年代末，时间长达 2400 多年。这期间尽管北部开通了"丝绸之路"，南边走出了"茶马古道"，中间连接了"唐蕃古道"，青藏线从江源穿越而过，但是唯独关于江源的话题至今没有开通。其实，居住在源头的人熟悉自家门口流淌的每条河源自哪座雪山，距离有多远，可否称作"藏布"，是否为某条大江之源，等等，都有一些时代沿袭且约定俗成的说法。

何为源？水流初始地。游牧于长江源头的人，从某种程度上讲，游牧的目标是寻找肥美的草原和干净的水源。尤其是寻找到一年四季长流的水源，更是游牧民生存的需要。所谓"逐水草而居"，水是第一位的。因此，在千年的游牧生活中，形成了独特的青藏"源"文化。

雪域中脉——唐古拉山脉

确定"源"须具备两个要素：唯常，一年四季都有水；唯大，方可称为"藏布"。汉文化中的寻源，是逆流而上，因此在千年的长江寻源历史上，出现了多个源头。不断向前推进。藏族人世代生活在长江源头，所以首先确定了源头，顺流而下，一以贯之。因此，万里长江唯以"治曲"（母牛河）之名，从源头贯通到大海。从《禹贡》的"岷山导江"、徐霞客先生确认金沙江为长江源头，到20世纪70年代把沱沱河定为长江正源，对于源头而言，其实都是匆匆过客，河源依旧风雪无阻，依旧"逝者如斯夫"。在千年的探源考察中，清朝康熙皇帝特派的一位探源者，看到源头河流如蛛网，无法确定正源，他倒是说了一句真话："江源如帚，分散甚阔。"

　　我不知道将沱沱河定为长江正源，除了"河源惟远"的原则之外，

从"如意神牛"鼻孔中喷涌出的通天大江

还有没有其他的依据和理由。在寻觅江河正源时，与当地的文化是否有关系，尤其是青藏土著民族的地理文化。因为江源毕竟不是"无人区"，他们毕竟在这片土地上生活了两万多年！熟悉江源地理的人应该知道，从长江北源楚玛尔河依次向南有楚玛尔河、尕曲河、布曲河、当曲河和莫曲河等，形成了"辫状水系"，要梳理好地球的这条辫子，并不是一朝一夕就能完成的小事。在两千多年的岁月中，人们不断地探寻着长江的正源，每一次的寻觅总是在推翻先辈的结论中向前迈出一步，而如今定沱沱河为长江正源是最后的结论吗？看形势似乎是不容置疑了。但是向一位世居江源的长辈询问源头时，他手指的方向绝不会是沱沱河源头。其实从"如意神牛"鼻孔中喷涌而出的大江，是流淌于雁石坪前面的布曲河。布曲河发源于各拉丹冬雪峰的东南侧。那里有一座酷似牦牛鼻孔的山丘，古称"治纳孔"，意即母牛鼻孔。新迁移的西藏安多牧民称其为"然伊曲舟"山，有"棕色水袋子"之意，言外之意可理解为"水库"。此山丘的东面的半山腰有两道河流干涸的痕迹，从远处遥望，能够隐约捉摸到远古传说的出处。山脚下，据当地人说，20世纪五六十年代，有200余条泉眼。目前，能寻找到170多条干枯泉眼的痕迹，仍然有50多条汩汩喷涌的泉水。每到隆冬季节，整个长江源区，冰封千里。楚玛尔河、沱沱河和嘎尔曲河等等"顿失滔滔"。总之，从冰川雪山下流动的一切河流，皆成坚冰。驻牧于融冰雪而形成的河流沿岸的牧民，只好炸冰融水供饮用，开湖引流供牲畜。唯有母牛河的源头，活泉喷涌，生机盎然。因此，当地人千年以来认定布曲河（治曲）为长江正源是约定俗成的共识。南源当曲河从南边汇入治曲河，其汇合处称治当松朵。河流继续向北缓缓而流，当地人仍然称为治曲河；所谓的"正源"沱沱河汇入治曲河之后，折向东浩荡而流，开始进入山岭峡谷，继续唤作治曲河。总之，以治曲之名贯通万里长江。所谓"布曲"河，"布"有母牛之意，"曲"是水的总称。"布曲"就是治曲（长江）。"布"与"治"是"母牛"二字在藏语的不同方言区的不同发音。治多地区称"母牛"为"治"，而杂多、囊谦、那曲等地的人称"母牛"为"布"。尽管各地的发音不同，但是千百年来人们一致认同的大江之源，便是现今地图上所谓的"布曲河"！沿着布曲河溯江而上，那大浪之初便是一个古老文化树立的"江源之碑"！

源自天的河

——天来之水孔雀河

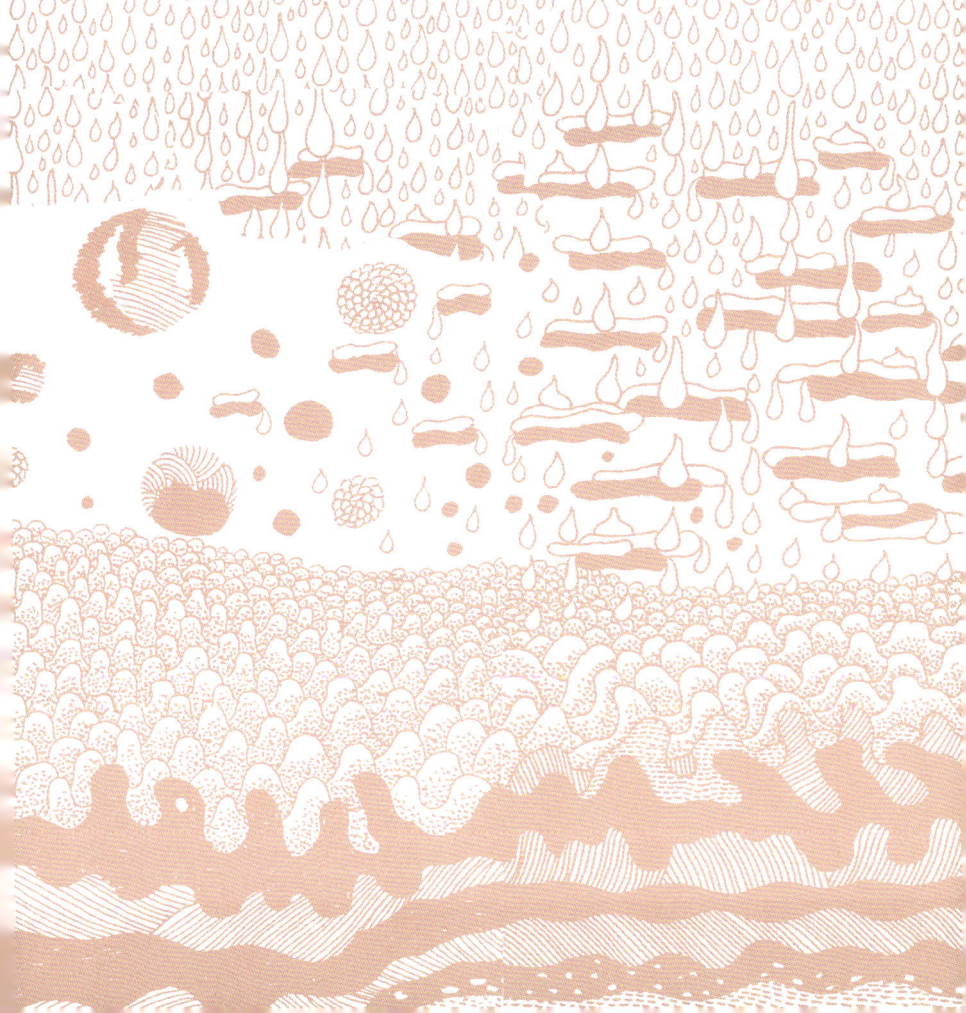

从通天大江的源头往北走向"天来之水"——黄河的源头，仿佛摆脱了世俗的沉重负荷，摆脱了地球的引力，一切与天有着天然的联系。正如佛经所讲，暂且脱离了甚嚣尘上的人间轮回，整个身心从滚滚红尘中得到了解脱。

一路向北，再向北。人烟越来越稀少，天地越来越空阔。在江源东北边，随脚走进牧人帐篷探问，开始出现一些与黄河源相关的词语。临近黄河源流域的那些牧人，有些是20世纪50年代从玛域草原迁移到长江源区的。因而他们的言语里仍然夹带着祖辈文化的气息和玛域草原的泥土味。

我此行前往黄河源，绝没有探源者的猎奇心情和故作多情的什么情怀，也不指望自己"发现"什么惊世骇俗的"新大陆"。只是作为一个从小熏染了江河源山水文化的游牧人，怀着无限纯净和向往的心情，几乎像一位虔诚的信徒去朝拜中华文明的"源头"和格萨尔史诗的发祥地。尽管中华民族对自己母亲河的探源经历了千年的艰辛付出，谱写了可歌可泣的溯源壮丽诗篇。然而，作为一名祖祖辈辈生活在江源头的游牧人后裔，关于"黄河源头"，在我的心中早已有了世代传承的定论。那可是千年游牧文化积淀形成的地理源头和文化源头。我确信游牧人审视自然的能力和开放大气的文化视角，更加欣赏那囊括人世，横扫古今的史诗文化气度。

我怀揣如此虔诚的心情，横跨通天河源区，走向"天来之水"——黄河源头。当我站在长江源与黄河源区的分水岭——巴颜喀拉山脉的直西拉山口,后脚踏在通天河源区的土地上,前脚跨进玛域草原的一瞬间,我的心中涌动起《格萨尔》史诗的滔天大浪,澎湃着中华文明的千古浪涛。站在古老江河的分界线上,背后是万里长江汹涌澎湃的涛声,眼前是空阔苍茫的玛域草原,仿佛这里便能攀越"世界的山口",能够鸟瞰熙熙攘攘的人间,领悟世间深奥的真谛。

一

我确信江河是流动的时间。黄河从百万年前的某个时辰,从雅拉达泽山脚下突然喷涌而出,穿越3000多万年的岁月变幻,终于来到了百川汇集的大海。是大海归纳了黄河,还是黄河汇成了汪洋?在《格萨尔》史诗中称大海为"江河的宝库"。黄河经历百万年的锻造锤炼,注入东海似乎完成了她的天命。再也不哼唱那潺潺流动的小曲,没有撕裂天地的爱恨情仇,没有咆哮九天的怒呼。然而,时间却从不可思议的无始滚滚而来,走向没有终点的未来。其实,河流又何尝不是如此呢?正如黄河的源头是约古宗列湿地的玛曲,而玛曲的源头是巴颜喀拉山脉和阿卿山脉的千年冰川。而冰川的源头在哪里?黄河注入大海是它生命的终结?升华?

二

　　在《格萨尔》史诗中，世居玛扎岗巴颜喀拉山区的敦氏绒擦查根，曾因其地势高拔而赞誉巴颜喀拉山口为"世界的山口"。我还曾一度认为那是李白的"飞流直下三千尺"式诗意的夸张手法而已，未曾领悟到史诗的境界。当下，我背对江源大地，脚下是智者绒擦查根曾经踏过的巴颜喀拉山口，目光向北遥望黄河初始流出地那苍苍茫茫的天地时，我被眼前这种空阔而悲壮的气势所震慑。从史诗的视角看，青藏高原的整体是一座独尊天下的巨大山岳。或许这是佛经所指的其高八万四千由旬的须弥山吧。那么，这里自然是能够俯视人间的"世界的山口"。这不仅仅是一种自然的海拔高度，而是只有身临玛域大地，与心灵深处的史诗文化融会贯通之后，才会产生的一种哲理与审美的精神体悟。走向黄河源头，其实是在走进一部伟大的史诗，是在探究一种古老文明的雏形。

　　这里方圆几十里少有人烟。在目力所及的天地间，偶尔发现的一顶孤单而温暖的牧人帐篷，仿佛令人在茫茫大海看到了一座孤零零的小岛。帐篷上满身的网眼充满了远古的气息，从帐篷天窗飘然而去的一缕青烟，或许是《格萨尔》史诗开幕前的桑烟。天地间好像刚刚被清了场，使人无端地预感到：这里，将要演绎一场惊天动地的人间喜剧。放眼四顾，那起伏连绵的苍茫的山脉，几乎快要隐退到地平线外了。天地间所有的生命都仿佛屏住了呼吸，在等待一场旷古难遇的剧目。由此使人心中产生一种难以言表的惶恐感和一种将要看到"过去时"的紧张情绪。我眼前这片空旷的原野，曾是格萨尔王纵横天地的母地乐土。她创造了举世无双的伟大史诗，滋养了千年不衰的中华文明。

三

这条盘踞在中国北方大地上的黄色巨龙，在她生命的诞生地，藏民族对她有一个极富诗意的美丽称呼——"玛曲"。"玛曲"，藏语，"玛"有孔雀之意，"曲"是江河的总称。意即孔雀河。黄河从雅拉达泽神山脚下出落人间的那一刻开始，便带着"玛曲"这个美丽而富有诗意的名号流贯中华大地，奔流到东海。

公元 1377 年，明朝皇帝朱元璋派南京大天界寺高僧宗泐出使吐蕃，"出没无人之境，往返数万里，五年而还"。他途经河源时写了一首《过河源》，他在那首诗的序中写道："河源出自抹必力赤巴山，蕃人呼黄河为抹处，牦牛河为必力处，赤巴者，分界处。"汉僧宗泐出使吐蕃"出没无人之境"时，途遇河源的蕃人告诉他，藏族人称黄河为"抹处"，即今之所谓"玛曲"。当时，他在河源相遇的那位蕃人，根据历史记载的逻辑来推测，很有可能是"玉树族"中的雅拉族人。

但是称牦牛河为"必力处",即今之所谓"布曲河"而看,听此口音似乎是西藏那曲一带的人。"玉树族"人称牦牛河(长江)为"治曲"。不管怎样,我们知道黄河至少在600多年前,藏族人就称它为"抹处"(玛曲)。在扎贡巴大师的《安多政教史》写到"安多"名称由来时记载:"翻越治曲河源区的色吾陇仁山口,巴颜喀拉山东面的阿卿雪山和多拉二者合称为安多。那一面的诸水汇合流淌到富饶的玛涌秀毛的称为玛曲。"

黄河在藏族地区统称为"玛曲",无任何异议。而"玛曲"二字理解为孔雀河,尽管有各种不同的故事版本,但是最古老而正统的,源自当地土著人的口传,且符合藏族传统文化命名河流的习惯,应该是根据黄河源头的地貌特征而命名的玛曲。比如,长江源从类似一座牦牛鼻孔的山丘喷涌而出,美其名曰"治曲",意即母牦牛河;澜沧江的源泉"曲果扎西齐哇"酷似一轮明月,故称其为"达曲",其意为"月亮河",在《玉树调查记》中则称为"西月河"。

黄河从雅拉达泽山下约古宗列盆地的阴坡喷涌而出,缓缓向北、向东分别流过阿卿纳瓦查列湿地和达塘草原,汇纳了西南面的巴颜喀拉山阴坡的涓涓细流,与西北方的阿卿雪山(昆仑山脉)阳坡的冰雪融水汇集,日夜不停地向东流去。黄河源自一处沼泽地,出世很平凡。没有通天河的气势,也无澜沧江的诗意。同样是沼泽地里冒出的泉水,却没有当曲河的莽荒和高度。曾经有许多具有诗人情怀的人,

晚霞中的雅拉达泽神山

无数次地梦想母亲河的伟大而风尘仆仆寻源前来祭拜时，看到如此平凡的母亲河，一时难以接受梦想与现实的巨大落差，情不自禁地号啕大哭。殊不知，黄河的伟大并非在咫尺之间显山露水，而是伟大于天地之间。我们在祭拜母亲河时，常常将视线锁定在玛曲河源喷涌的那一点泉眼上，很少抬眼望一望四周的山水。在苍茫的天地间，那地平线上连绵的山峰，那渺无边际的金黄的草原，是组成黄河源的元素。她与格萨尔，与孔子很相似——出生极平凡，都是弃儿，然而，最终扬名万里，影响了世界。玛曲河的南边是富饶的巴颜喀拉山脉，连接着青藏高原创世九尊神山——阿尼玛卿雪山和尕朵觉悟山。有人说黄河源三分之二的水量，来自玛卿雪山，因而玛曲应该姓玛卿雪山的"玛"，是玛卿雪山滋润和养育了滔滔黄河。在黄河源区的整片土地以"玛"字冠名。玛曲河的北部是绵延千里的亚洲脊梁——昆仑山脉。这两座青藏高原最著名的山脉，从玛曲的南北两地向东延伸，仿佛在为黄河的出世而夹道恭迎。

我们不妨跟着游牧人的脚步，去看看"玛曲"得名的缘由吧。

从雅拉达泽山巅远眺约古宗列盆地，那千万条闪烁着光点的小湖泊，组合得状如美丽无比的孔雀尾屏，舒展在河源生命的起点。具有史诗气度和充满想象力的游牧人，也许是随口一说，便将这条承载着民族的精神脊梁、冲卷着远古文明的大河命名为"玛曲"（孔雀河）了。这是大自然智慧的杰作，是古老的游牧文化为河源树立的无字丰碑。尽管"空阔""荒凉"主宰着河源诞生的这方天地，然而那只美丽的孔雀却出乎意料地展开它的羽翎，为这片土地增了光、添了彩，仿佛是为黄河的千里远行举行的某种古老而神秘的送别仪式。

在藏族古老的传说中，据说阿尼玛卿雪山中深藏着威震天地的雪狮。因而，雪山的上空，青龙都不敢雷声大作。我想，也许玛域草原上空的所有雷鸣电闪，都汇集到约古宗列盆地了吧？！我们知道"宗列"有"爆炒青稞籽的铁锅"之意。在《格萨尔》史诗中尤以"爆炒青稞籽"来比喻猛烈的雷电天气。况且，在藏族小五明的辞藻学里讲，孔雀是爱雷声爱到迷醉状态的禽类。藏族人对孔雀的另一个名称叫"朱扎昂泽"，即"雷声受孕"之意。传说，孔雀听到雷声就会怀孕。因此，在"玛曲"二字的地理文化概念里，似乎暗含着黄河是以天为父、以地为母的这样一种古老的世界观。它是天地共生的一条生命之河。我们不妨想象一下，约古宗列上空如爆炒青稞籽般的隆隆雷声，诱使大地舒展开美丽的孔雀尾羽。由此，一条流贯中国西东，孕育雪域神秘《格萨尔》史诗和滋养千年中华文明的大河，从天地造化间悠然诞生了。从此，天的子民、龙的传人世代维系在这条生命线上。

四

　　黄河从玛域草原缓缓向东流淌。她不慌不忙，从容自在地汇纳着沿途的千条溪流，引领到辽阔无际的达塘草原。目光顺着大河奔流的无际原野看去，最终被地平线吞没后，就由千古诗仙李白的绝句中从天而降，奔流到海不复回了。

　　站在玛域草原看黄河，她无声无息地静静地流淌着，甚至在很多地段漫延而过，几乎不能用"流"字来表达。她宁静、柔顺、谦逊，看大河上下，仿佛无始无终。黄河从百万年前的西部天边倾泻而下，时间悠悠，空间渺渺；流到当下我的眼前，从我的身边伸向东方遥远的未来，时间未知，空间无际。环顾左右，南部地平线上那连绵起伏的雪山，渐渐隐没于从天空垂挂的云幕之中，仿佛刚刚结束了一个世纪的演出，正在徐徐落幕。向北远望，从天与地之间掀开一角蓝天，那湛蓝湛蓝的背景里缓缓露出一座群山之首，一座独尊天下的山峰。一场惊动三界神灵，降伏十方天龙，征服南瞻部洲的善与恶、真与假、美与丑、佛与魔、慈悲与仇恨、富贵与贫穷、光明与黑暗的较量就要开幕了。这场独步千秋的人间喜剧，它的第一幕便是前无古人，后无来者，充满着游牧人玩转乾坤、游戏人生的《格萨尔·赛马称王》。那独尊河源的山峰便是当年岭国赛马时千骑驰骋的终点。在这里等待那些纵横天下、金戈铁马的勇士们有三样惊世骇俗的赌注：

一是统领朵康、安定三界、独揽正义大道的"威震三界金銮宝座";二是以美色玩转乾坤,独步雪域千古佳丽巅峰的珠牡;三是拥有三界奇珍异宝,汇纳天下财福的"嘉洛七宝"。那座山峰叫格拉杂加山。它宛如展翅欲飞的大鹏,似乎是为当年岭国那场气吞山河、独步千秋的赛马而耸立的天造地设的丰碑。这里既是千骑竞跑的终点,同时又是《格萨尔》史诗正式开幕的起点,引领着整部旷世无二的史诗巨著。如此气壮山河的开篇,像滔滔东去的黄河,无法隐藏那桀骜不驯、一泻千里的浩荡气势。

在青藏高原,在游牧人的世界,最隆重、最牵动人心的是一年一度的赛马会。而人世间空前绝后的岭国赛马会,却在滔滔黄河启程走向万里疆土的源头开幕了。那场赛马会曾经轰动雪域大地,尤其是在赛马地点的选择问题上引起了轩然大波,引发了一场精彩绝伦的唇舌之战。民间传说,岭国赛马从提起到正式开幕,经历了漫长的九年时间。拥有千里青鸟驹的达绒·阿贝,狂傲不羁,稳操胜券地提出:要将赛马的起跑线放在遥远的中原大地,让雪域高原作为观赏赛马的看台,将天竺作为决一雌雄的终点,以此威震世界,扬名千里。被称为"人中之狼"的森代阿当,他的神骏"宝库",飞驰如鸟,因而故意刁难众人,他提出要以大地作为起跑线,九霄云汉作为决出胜负的终点,高空作为赛马的看台,以此名震三界,威慑四方。格萨尔的大哥贾擦霞噶英勇过人,他的字典里天生就没有"怕"字,是位即使遇到阎王爷也不会后退的英雄。可他却在这次争论中显得出奇地温和——也许是他汉族母亲的缘故，他的血液里流淌着农耕文化的基因，在争论不休时他总算说出了一个脚踏实地的方案。他提议将赛马地点设置在玛域草原，以阿伊迪山丘为起跑线，以相距足有十八天驮牛行程的格拉杂加山峰见证这场轰动雪域的赛马。千骑竞跑，万人欢呼，那场面足以惊天动地。更使人出乎意料的是，岭国的流浪儿，曾经被流放到玛麦地区的十三岁的觉如（格萨尔王），一举夺得了这场惊世骇俗的赛马的桂冠。从此，一部千年不衰的《格萨尔》史诗，如汹涌澎湃的黄河，流过青藏高原，流过青藏文化的精神天地，滋养着古老的青藏游牧文化。

五

我本次探访黄河源头，无意中与藏族人确定江河源的千年习惯相一致。先确认了源头，之后顺流而下，收纳汇进干流的千条小溪。汉藏探源的最大区别在于，藏族人顺流而下，确认江河之源；而汉族人是逆流而上，寻找源头。因而，在藏族地理文化中，江河的源头是固定的，千年不变。而在汉族地理文化中的江河源头，却在不断推翻前人确定的源头中寻找新的源头。出现这种情况的最重要原因恐怕是地理空间使然。藏族人世世代代生活在江河的源头，对于他们来说，确

格萨尔王迎接点——格拉杂加

认源头无须花费太多精力，家门前流淌的一条普通小溪，很有可能是一条大江的源头。就如澜沧江源的齐果扎西齐哇泉，长江源的治那孔泉等，都是某一家夏季草场饮用的水源。而汉族人基本处于众多江河的下游，因而，探源必须沿江河逆流而行，寻根追溯，不断探寻，很难一锤定音。纵览汉族探寻长江源历史，以20世纪70年代确定沱沱河为长江正源为止，探寻长江源头历经2400余年。近几年又有人否定这一说法，将当曲河定为长江正源。不过这一提法似乎还在讨论之中，最终会是怎样的结局，尚无法判断。2019年末，又有人提出了黄河的新源头。这次提出的新源头，与位于约古宗列盆地的黄河源头，在空间上有很大变动。在历史上，汉文化确定江河源头以"唯远"为原则，探寻其最远的流程。而藏文化确定源头，其实是"逐水草而居"的千年生存结果。在游牧生活中，寻找水源是一种生存方式。所谓"逐水草"，草是针对牲畜而言，水是人畜共同要"逐"的生存需要。总览青藏高原被确定为江河源头的所有大江大河的"源"文化，可以归纳为两个原则，即"唯常、唯远"原则。"唯常"是确定源头的第一要素。一个逐水草而居的游牧人，必须找到一年四季有源头活水的草场，才能维持日常的生活。尽管在青藏文化的千年历程中，找不到关于探源的记载。但是，从某种程度上讲，生活在青藏高原的每一个牧户或者部族，都会有找寻水源的经历。从这个角度而言，说整个青藏游牧民族都是探源者，似乎并不言过其实。

我去黄河源头，并非逆流而行，而是从长江源区斜插而来，翻越巴颜喀拉山，就到了黄河源区。长江和黄河，是我国南北两条大江，相隔千山万水。然而，在源头，仅仅一山之隔。两条大江共枕一座巴颜喀拉山。站在黄河源与长江源的分水岭，静下心来聆听，几乎能够听得到两条大江的涛声。

到了麻多乡，距离黄河源还有50多公里的泥浆难行之路。我第一次朝圣黄河源时，是随青海省三江源环保协会"寻找雪域环保人"项目组去的。由于我乘坐的小车已经用上了备胎，麻多乡又没有补胎处，司机担心万一再爆胎就无计可施。于是，我们顺着向东流淌的黄河，前往格萨尔赛马称王的登基台。

格萨尔赛马称王的登基台，位于格拉杂加山东侧，在《格萨尔》史诗里被称为"蒙兰山口"。说到登基台，在人们的印象里一定会出现一座金碧辉煌的宝座。然而，时间往后倒退几十年，这里是一处人烟稀少的原野。

如今，有一位堪布在此建立了不小的佛寺。堪布法号扎西巴觉，是出生于黄河源头的当地人，他是喝着黄河源头的水长大的。22岁外出求学佛法，37岁回到家乡。他长得清瘦，骨骼硬朗，走路轻盈，几乎带着一阵风，目光里透射出一股天然的自信，说话滔滔不绝，逻辑清晰，言语间表现出佛学理论的深厚功底。他不仅是佛门弟子，对本土文化，尤其是对《格萨尔》史诗从小就有浓厚的兴趣。他一边为建寺筹集款项，一边在挖掘、研究史诗文化。堪布说："格萨尔登基台原来是露天的，是直通大自然的气息。"在堪布未到此地之前，有人出于对格萨尔王的崇敬，为登基台修建了一座庙。堪布言下之意，对在登基台修建庙宇一事持不同观点。我问他保护登基台的最佳方式，他直言不讳地说："露天是它千年存在的方式。我们一厢情愿地给它盖一座庙，然后有人建议将登基台用铜皮包裹，尽量使它金碧辉煌起来。""民间传说，格萨尔登基台所在的整座山都是天然的金矿。"堪布继续说，"我们凡夫看登基台是由一些普通的石块组成的，其实质并非如此。正如史诗所谓'震慑三界金座'，确非浮夸之词。首先，其形状具足三角、四方、圆形等'四业'的象征图案。再看登基台构筑之妙，粗看是由一些零星石块垒砌，但详细观察，石块与石块之间没有连接痕迹，整座登基台是'一'，没有分别，暗含着深刻的哲理，表达了佛教缘起性空的智慧。"堪布指着灰白色的登基台说："民间传说，露天时期的登基台，其颜色随天气阴晴而发生变化，因个人的业力和心态不同而出现不同的形态。总之，见即生信，触摸生乐。平凡之中蕴含着无限神奇。名满乾坤的'格萨尔'，最初缘起于这座登基台。据说有缘人在底座周围能捡到舍利子。千年以来，它与黄河源头的阳光、空气和大地和谐相处，是与大自然连成一体的天然金座。自打盖起庙宇之后，登基台的颜色没有以往那么灵变，也未曾有谁捡到过舍利子。"经扎西堪布这么轻轻一点拨，这座千年圣迹，在我们的

格萨尔登基台

心里立刻高大而神圣起来。以致随行的几位朋友，像是开启了某种灵智，放下手中拍照的家伙什儿，即刻五体投地叩首祈祷。

经堪布提议，我们来到蒙兰山口的煨桑台。"蒙兰"有祈祷之意。一千年前，格萨尔王的母后果撒拉姆和王后珠牡，曾经在这里呼唤天地神灵，捕获了伴随格萨尔赛马称王、安定三界的野驴神驹。据说，在这里虔诚祈祷，煨桑发愿，十分灵验。煨桑台上升起一股清香扑鼻的桑烟时，堪布用格萨尔唱腔唱起了《世界煨桑》的祈祷词。玛域草原袭来一阵清风，山口的经幡飘扬起来，带着远古气息的歌声弥漫开去，充满苍茫天际。

我的目光随歌声环顾四方，发现昆仑山脉和巴颜喀拉山两大山系撑起了这方阔达的天空。站在格萨尔王登基台前，恍如君临天下，将玛域草原尽收眼底。震慑三界金座——格萨尔王登基台，坐北向南，背靠昆仑山脉，目视巴颜喀拉山，脚踏玛域草原，滔滔黄河从那繁星点点的达塘草原缓缓穿行，静静地流向远方。黄河在这里流得如此从容、自在和无拘无束。她不拒细流，不嫌荒凉，无声无息，日夜不停地向东流去，遇山而绕，触水即融，就像老子的智慧、释迦牟尼佛的般若。如此空灵而大气的玛域草原，亦如黄河，流淌着闻名世界的《格萨尔》史诗。

六

　　黄河穿越约古宗列沼泽地，又艰难地爬行在茫茫黄沙之中，景色从荒凉切换为荒芜，之后渐渐进入丘陵地带。从格萨尔登基台向南远望，那莽荒戈壁沙滩，古有达塘草原之美誉。扎西堪布认为，这里是《格萨尔》史诗中所描写的岭国集会场所——达塘查姆。在史诗中形容这片草原为平展的"活虎皮"。顾名思义，黄河流淌到这里，满滩都是一道草甸、一道流水的画面。每当星光灿烂的夜晚，阔达的天宇倒映在水里，满地的星星闪着神秘的光，使人分不清天上和人间。黄河从这片荒芜的土地进入丘陵地带，似乎获得了一次新生。扎陵湖、鄂陵湖和卓陵湖，好像捧着哈达在迎接黄河驾临。大自然的手笔如此巧妙而大气，蛮荒、苍凉的近邻居然可以是柔美和秀丽。从荒芜的沙滩进入满眼的湖光山色。这种"柳暗花明又一村"的惊喜，或许是"九曲黄河"柔情万种的表达方式。黄河在离开她的母体时，在此流连忘返，留下了千古未解之谜。三个姊妹湖，都以黎明的三个时段里东方出现的景象而命名。"扎陵"是黎明时分首先出现于东方天边的第一道亮光，"鄂陵"是其次出现的围绕东方天际的一道蓝光，"卓陵"是旭日东升前出现在东方的一道乳白色光带。奇巧的是，《格萨尔》史诗里描写黎明时，常常会如此描写："当东方还未划亮黎明的鱼肚白（扎陵），那条蓝色光带（鄂陵）也未显示，乳白色的光带（卓

澜沧江源黑白杂曲交汇处

陵）也未在天际出现，小鸟还未觅食，渡鸦还未喝到晨露水……"

扎陵湖、鄂陵湖和卓陵湖，是玛域草原的点睛之笔，也是黄河走出源区时留下的绝笔。黄河出约古宗列沼泽盆地，就一步跨越到了天宇，流过满地星星的星宿海，到黎明时分，经扎陵、鄂陵和卓陵湖的三个时段从天空倾泻到中华大地。难道诗仙李白感慨"黄河之水天上来"，不只是一种地理高度，还有这样一种神秘的地名背景吗？

摩挲江源大地

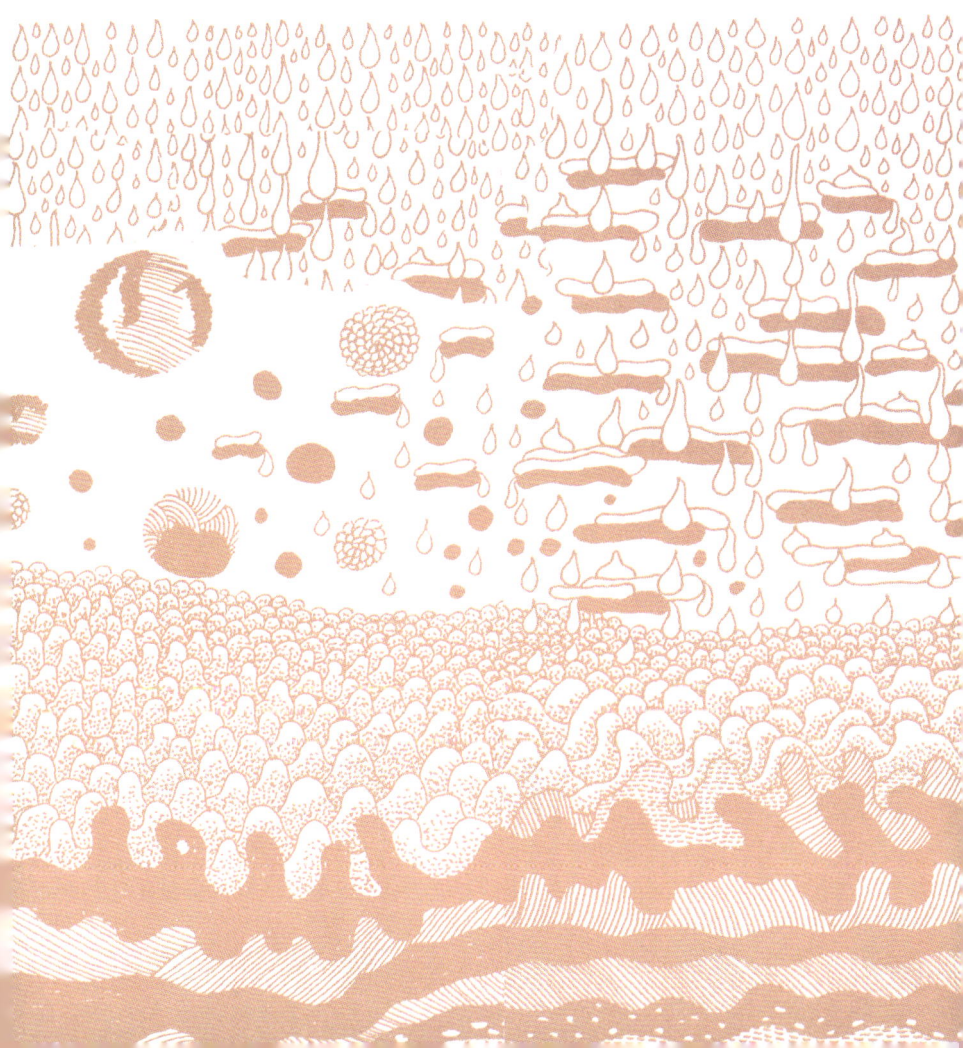

万里长江第一湾

引　言

　　也许有些念头只在心头一闪而过，当再次寻找那样的感觉时，仿佛只剩下一些没有质感的概念而已。那种伟大而神圣的心念无法再现。那时的空间、心境、天气和自身的诸多因素都渐渐成为"过去"，一切描述不过是曾经岁月的追忆，任何一位文学大师都无法将"当下"呈示给世人。佛祖曾将时间细化到"一刹那"来开示人世的"无常"，而所谓的"一刹那"是指将一位健康有力的男子一弹指顷的瞬间分割为六十四份后其中之一；中观应成派却认为是一弹指顷的三百六十五分之一。这样一直细分下去无有穷尽。因而，顺着佛祖的思路进入"时间"，我们永远找不到"现在"。所谓"未来"，是不曾拥有的"虚无"，而"过去"是已经消失的地平线。"时间"不复存在了。据说藏传佛教格鲁派创始人宗喀巴大师曾为众弟子开示中观空性时，他的大弟子喜饶森格参悟到空性而摸了摸衣领。尽管那种境界遥不可及，然而我突然感到巨大的恐惧，惶乱地抓住前面的座椅。还好，飞机升离西宁曹家堡机场才4000多米，正要飞往北京。

我习惯性地从飞机舷窗向西望去，一座纯净如玉的巨大雪山横空出世，映入我的眼帘。顿时一种从未有过的感悟涌向心田，一种用心灵能够感知的声音在启示我：青藏高原！"其高八万四千由旬的须弥山。"在人类能够登月的现今科技发达时代来讲，"青藏高原"可以看成是在地球南北两极之间凸起的一座大山。然而在漫长的人类文明史上，谁有如此伟大的气魄称"青藏高原"为一座大山呢？唯有佛祖而已。这是一座神奇的大山，众多江河发源于此，滋养了人类两大古老文明，世界三分之一的人口维系在它的江河流域。

我再次从飞机上回头看这座"大山"时，想起了几年前去北京大学中文系做访问学者时的情景。那时我刚刚步入人生的不惑之年，然而内心的诸多疑惑困扰着我，致使我感到从未有过的忧患和焦虑。我原本想在北大寻找一种文化归属感，但是我的目光最终不得不投向这座"青藏高原"，于是我人生的"寻根"之旅起航了。

当我开始步入这座"大山"时，我发现雪山是源，江河是流。人类一切文明离不开水，离不开江河。江河是生态的根，文明的源。当我摩挲"青藏高原"大地，如数家珍般地梳理黄河、长江、澜沧江和怒江时，在江河源的万山丛中，一座座寺院引起了我的兴趣。那深藏在千山万壑中的古老佛寺，是青藏历史的见证者，岁月停靠的码头。

那么，将"现在"放在岸边，从各拉丹冬雪山脚下乘一只古老的皮筏，与通天河一起启程吧！从这里可以进入"过去"时空，感知江河流域的昨天。那深沉浑厚的海螺声夹带着大海的涛声，回荡在大江两岸，不时飘来悠悠牧歌，声声诵经。静听佛教大师们踏过岁月的脚步声，看那一道道深邃古朴的信仰之路。佛光东渐，一路风尘仆仆、行色匆匆的绰绰背影。

千古神山

从长江源头顺流而下，眼前掠过雪山、冰川、草原、牧人、沙丘、网状河道……从长江七渡口开始，渐渐进入峡谷。开始出现灌木、柏树。山越来越陡峭，水越来越湍急。

一座霸气十足的山横亘在前方，从南边延伸而来。好一个"南水北调"的架势。通天河也不退却，从北边绕道而过。这一绕却绕出了通天河的第一道大湾，绕出了一座千年古刹。

涌天大江也仿佛留恋这里的风景，一会儿向北流，一会儿往南奔去，三步一回头，听涛声仿佛在倾诉恋恋不舍的告别话语。看那座大湾中的山峰，它的形态中显露出一种神秘的暗示。或许那些终身隐居深山的大瑜伽行者们才能够读懂其中的奥义，那些千年面壁大自然的

通天河吉祥漩　洛桑当求　摄

游牧人才能够听懂它所表达的语言。

这座山叫克玉日赞山，据说是守护尕朵觉悟神山西大门的无畏勇士。它身披千年古柏，肃立通天河旁，以一种一夫当关，万夫莫开的气势震慑着这片天地。山上有古老苯教教徒的修行洞，也有众多佛门大德的隐居洞穴。在这里俯仰天地，只有风行千里大山的天籁古韵，日夜东流的滔滔江水，还有那世代探寻心灵真谛的静默。人类作茧自缚的那些对立概念，在这里找不到挑起是非的舞台。在人类精神的最高层面，追寻的是不同概念搭建的同一片净土。

千年古寺

克玉日赞山无端地将山脚伸向北边，似乎另有所指。沿着它所指的方向进入通天河北面的山岭，这崇山峻岭间到底深藏着何方净土？

正对克玉日赞山，在茂盛的柏树林中有一条进山公路。从河岸攀越一座陡峭的悬崖，蜿蜒伸向山谷。向上爬两三里地，公路偏向东面的山口，就来到一处挂满经幡、堆满千年敖包的台地。极目望去，一座沉静而古老的寺庙，在残墙断垣间参悟着天地大道、人世无常。

这座寺庙被重重山峰合围，两条清澈的山泉在寺庙前汇合，向南流进深谷，注入不远处的通天河。大江的涛声刚刚隐没，抛开城镇喧嚣也只在七十公里开外而已，但四处的宁静袭来，远古的气息渗入肌肤，那条从杂草间伸向寺庙的若隐若现的小路，仿佛是通往远年的古道，山间稀稀疏疏的僧舍旧址和一处一处的嘛呢石堆，还有那些似倒非倒的旧址城墙，尤其从中飘出的一缕炊烟，简直是一把刺向生命本质的利剑，使人想起柳宗元的"千山鸟飞绝，万径人踪灭。孤舟蓑笠翁，独钓寒江雪"的情景。

民间有诗曰："最早响的是春之雷声，最早建的是江壤古寺。"最早到底有多早呢？解开这一千古谜题的是寺庙的名称，即"江壤觉旦寺"。"江壤"和"觉旦"两个名词包含着藏族历史中的两件重要事件。"觉旦"一词在五世达赖的《自传》中有明确记载。它与公元642年吐蕃第三十二代赞普松赞干布迎娶文成公主有关。当年迎亲队伍路过此地时，曾在这里扎营。那时，克玉日赞山已经有苯教徒在修行。他们将修行处美其名曰"克玉修行乐园"。在寺院南面的山上也有一处修行地叫"卡普禅院"。据说他们在文成公主请来的今拉萨大昭寺的释迦牟尼（藏语称觉吾）十二岁等身佛像供奉的地方，修建了一座佛堂，故称"觉旦"，即"觉吾佛供奉过的法座"。寺院西面那座古朴的台希觉吾佛堂，便是在1400年前文成公主请来的释迦牟尼十二岁等身像供奉过的圣坛上修建的。

"江壤"是"江顿"的变音。"江"是"炮"，"顿"有"海螺""平

江壤敌堡节

吹海螺

台""峡谷"等意思。"江"字所包含的历史与《格萨尔》史诗中的三员将帅之一，统率江源直氏部落和嘎氏部落的秋君柏纳有关。秋君柏纳是一位勇猛无比的将领和神奇无比的咒师，他使用的武器常常是注入咒语威力的神奇炮弹。据说寺里曾有座古城墙，是当年这位勇士发射炮弹的炮台。

"壤"是由"顿"字变音而来，又是关于"海螺"的神奇传说。这海螺名为"会飞的银翅海螺"。一个"飞"字越过千山万水，将古印度佛门与江源佛寺的兴起连接在了一起。江壤寺的大活佛江赤仁波切是古印度佛门八十大成就者之一——持铃大圣的转世。据说持铃大圣是乘着这副"银翅海螺"光临江源大地的。

在元朝时，它显过一次灵。当蒙古骑兵横扫青藏高原，来到江壤寺大肆毁灭佛教文物，抢走此海螺等法物。他们听说海螺会"飞"，于是想用斧子敲碎它。这一斧子下去似乎击中了海螺的某个机关，不仅没有敲碎它，反而使它出乎意料地腾空飞走，撂下一句"败类"就不见踪影了。我去朝拜时，江赤仁波切指着那海螺上的一道疤痕，说那便是八百年前蒙古士兵留下的历史痕迹。

当海螺飞归寺院时，它是以骑着白马的勇士形象出现的。寺僧们分明看到那位白骑勇士直冲蒙古敌营，瞬间制服了敌人，赶跑了残兵败将，将他手中的幡幢高高地立在敌营的堡寨上，眨眼间消失得无影无踪了。从此江壤寺有了一个与众不同的隆重节日，叫"江壤敌堡"。

为了纪念那个神奇的日子，一位身穿盔甲的勇士骑上一匹白马，象征性地重演当年那位英雄的故事。当骑士走向敌营时，僧人列队请来那神奇的"海螺"，让一位训练有素的僧人乐师吹奏起古老的乐曲。听着那穿透云雾、低沉悠扬的海螺声，时间仿佛刹那间回到了古老的天地，使人从骨髓中涌来一股怀古的情绪，在那一刻，心灵似乎触摸到了某种难以言表的信息。

这座隐藏在江源深山老林里的千年佛寺，尽管经堂与废墟并存，古老与衰落相连。但它一头连着佛法发祥的圣地，一头牵着汉藏友谊的红线，越过历史的重重迷雾，只以"江壤觉旦"四个字，就涵盖千年兴衰，藏纳万里疆土。

一路向东

一

贡萨寺，意即"新寺"，是相对于吐蕃松赞干布时期修建的江壤寺而言。但"新寺"不新，已有 800 多年的沧桑历史。

从结古镇向西进发，翻越两座高山，约莫 150 公里处向北拐进一条山谷，便可到达"新寺"旧址。

通天河从各拉丹冬雪峰的千年冰川中诞生的那一刻开始，向着命定的东方流去。穿过漫无边际的江源沙滩，从天地间漫漶而来。从长江七渡口开始，河道渐渐下切，河流进入深谷，两岸从游牧切换到半农牧区，居室从帐篷变成了房屋。贡萨寺应该是通天河南岸看到的第一座寺院。寺院坐西向东，依山而建，背靠诺布旺杰山，足踏通天大江，三面环山，柏树成荫，在千山万壑的重重包围中静静面对匆匆而逝的岁月。

从第一世秋吉活佛双足踏入这片土地的那一刻开始，一条生生不息的生命链条从800多年前延续过来，仿佛成了江源历史中能够感知的一条命脉，为这片土地带来的不仅是佛陀的思想，更留下了文明的福祉。

第一世秋吉活佛约生于12世纪，是卫藏人，法名慈成邦巴。是藏传佛教四大教派之一、噶举派四大支派——拔绒噶举派创始人拔绒·达玛旺秀的亲近弟子，因此又名仲·秋吉慈成邦巴。"仲"有亲近弟子之意。他听从上师的嘱咐，沿着佛祖预言的方向，一路向东，来到康巴地区。这是吐蕃赞普朗达玛发动灭佛运动200年后的事。此时，藏传佛教界已经出现了宁玛、萨迦和噶举三大教派，但是还未创立活佛转世制度。

贡萨寺院背后的这座山，叫贡萨日措山，是耸立于通天河旁的三座兄弟山的兄长。传说夏日日赞山有三个儿子。他们从小向往印度圣地。成年后，三兄弟背着父亲打算前往印度拜佛求学。两位兄长已经南渡通天河了，但三弟被父亲发现后，被父亲用一条铁链拴住了手脚。两兄长最终舍不得丢下兄弟，于是就日夜守望在通天河旁。三兄弟隔河相望，就这样默默伫立了不知多少年，终于盼来了佛祖的讯息。

一位叫慈成邦巴的佛陀弟子，怀揣一尊佛祖青铜像，骑着一支神奇的鹿角，从卫藏一路向东，飞越千山万水，命定地降落在百年前格萨尔王曾经伏藏过海螺的山口。

海螺，尤其是右旋海螺，在藏传佛教界有一种神秘而无法割舍的海螺情结。在长江源头最早出现的三座佛寺，即贡萨寺、夏日寺和江壤寺，其历史的开篇都与海螺有着神奇的渊源。居然，慈成邦巴大师来到康巴地区，遇到的第一件吉祥神物便是那穿越千年时空，成为贡萨寺镇寺之宝的"吉祥老海螺"。右旋海螺在藏传佛教象征佛教的声誉，是"吉祥八宝"之一，同时也是一种非常重要的乐器，其声音穿透力很强。

传说公元1100年前，慈成邦巴的双足刚刚落到江源这片神奇的土地，他的耳旁就传来一曲穿透心灵的海螺声。此声由远而近，他渐渐能够领悟其中的奥妙。他从美妙的乐声中分明听到《圣妙吉祥真实名经》中的"吉祥之中最吉祥，吉祥名称善名称"等句。随着乐声的临近，一个还夹带着泥土气息的右旋海螺飘落到他的手中，致使他感到从未有过的大欢喜。怀着感恩大师三宝的大虔心，泪眼汪汪地为众

被称为江源"古格王朝"遗址的贡萨寺旧址

哲蚌寺法会

万里长江第一寺——贡萨寺（新寺）

吉祥白海螺

生求平安，佛教昌盛发了大慈悲，慈成邦巴做了大发愿。吉祥即扎西，由此，当地人称其山口为"扎西拉山口"。

而在慈成邦巴大师足踏此地的 100 年前，格萨尔王曾经在降服北方巨魔，路经此地时，看到这里妖魔成群、嗜杀成性的悲惨情景，流下了慈悲的眼泪。他立誓宏愿，征服了七妖女，伏藏了一副海螺，发愿这片土地佛光普照，众生安乐。当时称此地为"哭泣拉山口"。

仲·秋吉慈成邦巴满怀希望和憧憬，翻过"扎西拉山口"，继续向东走去。来到通天河畔一处风景秀丽的地方，他被这里的景色所吸引。环顾四周，北边的通天河缓缓向东流进峡谷，从河畔拔地而起的日措山，自东南盘绕到西边，宛如一条巨龙盘踞在这里。满山是千年古柏树，其间牛羊遍布，牧歌悠扬，一副富饶美丽的田园牧场图映入他的眼帘。他停下远行的脚步，放下行李，与当时名满通天河源的玉树·阿加贡保王做了短暂的交流，便在日措半山腰建起了通天河南岸的第一座寺院，这也是江源南岸最早的一座房子，世称"则寝宫"（意为：山顶寝宫。是第一世秋吉活佛到第十九世秋吉活佛的故居，时间跨越 800 多年）。

他在此停留了几年，膜拜他的人越来越多了，寺院规模也渐渐大了。于是他把那只海螺放在寺里，背上行囊，骑着他的神奇鹿角北渡通天河，毫无挂碍，飘然而去。

二

从贡萨寺沿着通天河顺流而下，在约莫五公里处，有古老的皮筏渡口。从这里北渡通天河，就来到夏日日赞神山的脚下。

这座山雄巍挺拔，气度不凡。传说此山掌管着贡萨寺和夏日寺周遭的平安。在夏日寺经堂的门神中被绘成骑着白马，全副武装的勇士形象。世纪老人，现年86岁的夏日寺秋松卧色活佛说，他7岁那年曾经攀登过夏日日赞神山。到了山顶视野非常开阔，能够饱览通天河的六道大湾。

当年，仲·秋吉慈成邦巴大师来到日赞神山脚下，路遇一位牧羊老阿奶，就想试探吉凶，问起山名、人名，她回答此山名为干山谷，她叫干热。接连两个"干"（缺水之意）字，使大师不由地推想此地可能缺水，发愿建道场的信心有些低落。来到今夏日寺所在地时，他的那支神奇鹿角坐骑，一头扎进大地，怎么也拔不出来。他认为这是一种启示，就索性停下远行的脚步，发大愿，建道场。

开始时每到佛教重大节日，隐居通天河深山古柏间的世外高人们从各自的闭关处集聚到此地诵经祈福，讲经布道，高谈阔论，求真本源。岁月经年，无意间成了一方高僧云集的神圣道场。其间曾经出现过许多名震江源的佛门大德。例如"夏日七僧"，便是通天河谷千年盛传的七位大成就者，在夏日寺的方圆百里至今保留有他们面壁一生，

江源深山中的夏日寺

苦修得道的神奇洞穴。仙风道骨的秋松卧色活佛，据说是达杰修行洞里得道成佛的七僧之一——达杰·达哇扎巴大师，为普度众生乘愿而来的转世活佛。当我请教这位长老时，他非常纯真地笑了笑，未做任何表态。

话题回到 800 年前，慈成邦巴大师那支神奇鹿角钻入土地的地方，因大师愿力所致，一位名叫更确扎巴的高僧修建了一座经堂，名曰"温保嘎登"。据说经堂柱子离地悬空三十厘米。因建在那支鹿角钻地处，故称寺名为"夏日寺"，意为"鹿角寺"。尊称慈成邦巴为"夏日哇"，即"鹿角大师"。

　　夏日寺，坐北朝南，三面环山，沉浸在夏日日赞神山的怀抱中，远离尘嚣，宁静安详，与大自然融为一体。他们认为这里是密集金刚的净土，踏足此方圣土者，不堕恶道，身心快乐，清净觉悟。僧人与野生动物之间的界限在这里早已消失，早晚有成群的岩羊下山到寺里饮水；白唇鹿经常光顾僧舍，常常将一些经文当作草料吃掉；雄鹰"做客"寺院，僧人们还说它是个素食主义者，不吃荤。

三

第一世秋吉活佛——夏日哇大师继续沿通天河东行，在青藏高原创世九座神山之一尕朵觉悟山脚下稍做停留，朝拜了这座通天河流域最著名的神山。此时他已经是闻名江源的大成就者，追随膜拜他的信徒与日俱增。夏日哇大师来到神山东面不远处，将一双破旧的靴子扔掉准备继续远行，不料，追随他的弟子们将其当成圣物，又将夏日哇大师途中不经意脱下僧帽的地方作为圣地，并在此修建了两座寺院，两寺合一，创建了"色航寺"。

色航寺是远近闻名的清净佛土，历来以严行戒律著称于世。该寺受到尕朵觉悟神山的庇护，同时又成了尕朵觉悟山的守护神。这里的一草一木，小到蝼蚁，大到熊、野牦牛和豹，都得到了保护。这里不仅自古出高僧大德，而且历代都出了一些像"花痴和尚"那样的自然之子。"花痴和尚"法号索南更青——他长期与尕朵觉悟山的花草树木为伍，记录着这片圣地的寒来暑往。他洞察每种植物的生长周期、方位和特色，熟悉每朵花的癖性。甚至与花草树木进行深度交流，爱花爱到痴迷，因而人称"花痴和尚"。他于2011年刊印了他的花草专集，到那时人们才发现"花痴和尚"是一位无师自通的"野生"植物专家。

因创建了色航寺，夏日哇大师的宏愿几乎达到了顶峰。他被一群追随者高高捧到膜拜的法台上，随众都仰视他的言行。他深知名誉、地位只是一种符号，建立道场，传扬佛法才是真谛。于是背起行囊，悄悄告别荣耀和地位，双足又一次踏向远方的路。

四

夏日哇大师仍然沿着通天河东行，只身来到今称多县阿朵扎西寺住地。在这里发生了一件神奇的事。他随身携带的那尊青铜世尊像发话说"不走了"，于是他就遵照佛的旨意，在此安顿下来，又开始讲经传道，广收门徒。创建了阿朵扎西寺，用神力掘藏了一座发着吉祥佛光的宝塔，还有那尊开口说话的世尊青铜像，二者便是阿朵扎西寺的千年镇寺之宝。

一个伟大灵魂暂时栖居的外壳，仍要遵循外在自然的盛衰规律。夏日哇大师现在已是八十高寿，但他仍然走路带风，习惯于长途跋涉的心也仍然不留驻于任何港湾，始终引领众生走向成佛之道，用双脚伸向那重峦叠嶂的东方。

在江源大地的崇山峻岭间有一道深深的信仰之路，我们看不到它的起点，也望不见它的终点。它是通天河源这条藏传佛教后宏期的信仰通道，是夏日哇大师用生命画出的人生轨迹。

千年古树

从通天河源顺流而下，眼前匆匆掠过贴地的河滩沙棘、一撮一撮的黑刺林。到了通天河第一道大湾——克玉日赞山，就已经是长江源头柏树生长最茂密的地方，同时，也是岩羊、白唇鹿成群、豹子、猞猁等珍稀野生动物活动最频繁的地带。其实这是藏族地区诸多神山名刹共有的一大景观，自然不必赘述。

一

克玉日赞山，因苯、佛两教历来都奉它为神山而受到当地牧民的尊崇，更因它是"玉树四族"之一，百乎部落的祖山而受到保护。在过去，"玉树四族"有禁牧、禁伐、禁猎区，其中最重要的地带是部落的祖山、寺院的后山和民众公认的神山。像克玉日赞山这种集祖山、神山为一体的地方，其禁封制度严厉到山上不能滚落石头，不能砍伐一草一木，不能猎捕野生动物，甚至不能大声喧哗。神山周围的牧户，夕阳落山之后，不能向外倒灰、倒垃圾。晚上，牧户家里点灯，灯光不敢投射到神山，要将帐篷的天窗盖严，门户闭紧。他们这样做，不仅是怕受部落公约的惩罚，怕触犯天地神灵，遭到报应，而且有种行善积德的道德感和宗教情怀。

克玉日赞山海拔 4200 多米，有红柳、柏树等十几种乔木，鹿、猞猁、豹子等珍稀野生动物出没其间，悠然自得。岩羊和当地牧民的羊群混牧，呈现出这片天地的古朴而祥和的景象。克玉日赞山是江源大地的宠儿，历来受到人们的尊崇和保护，山上的植物和动物不曾遭受过大面积的扫荡。甚至在 20 世纪六七十年代人民公社时期，因烧窑、盖房而使一座座山变得赤身裸体时，这里也因交通闭塞而躲过一劫。2006 年，贡萨寺修造第十九世秋吉活佛肉身塔时，需要一根高约 4 米的柏树杆，而且还要求此树须是长在某座神山的阳坡。据传，十九世秋吉仁波切生前说过克玉日赞山上的柏树可造塔心柱子，因此寺院僧人依照佛教仪轨征得山神和土地神的同意后，小心谨慎地砍伐了一棵柏树，而后回敬给神山五彩绸缎、五谷粮食和五种珍宝等，以表谢意。只有在这里，人们才能目睹长江源头海拔 4000 米以上生长的千年古柏；也只有在这里，被古老宗教熏染的江源大地与神山在人们心中的地位和分量才得以彰显。

千年古柏

二

克玉日赞山的正北方向，是江源千年古寺江壤寺。寺院后面漫山柏树的那座山，叫嘎曲赛宗山。它是掌管这片天地的神山，在寺院历史中记载道："嘎曲赛宗神山，山腰柏树成荫，传来布谷鸟声。山脚清泉流淌，发出嘛呢梵音。"这是一幅融入大自然的清静佛刹画面，是一曲引向宁静天地的古老和声。

如此隐蔽宁静的佛寺，也曾遭到过蒙古骑兵和马家军阀的破坏。我听一位隐居深山的长老讲：就在通往江壤寺的滨河小路上，有一棵挂满各种东西的千年古柏，称"阿查拉"柏树。元朝时，蒙古骑兵曾经占领江壤寺，屯兵扎营、苛税暴政。大肆砍伐寺院附近的乔木灌丛，当部队燃料。

某一天，士兵们又去山上砍柴。那天恰逢寺里的海螺神变为白骑士赶跑了敌人。当砍伐柴火的斧头像往常一样砍向一棵柏树时，士兵们分明听到"嗷嗷"的痛苦叫声，不一会儿，从那棵被砍了一刀的树上，一股鲜红的血顺着树干流淌下来。据说当时士兵们吓得目瞪口呆、魂飞魄散。从此"阿查拉"柏树登上了供人崇拜的神坛，大肆砍伐树木的野蛮行径也不得不暂时收敛一些。

在江壤寺的东山有一丛柏树，人称"秀巴日布"，意即"逃命"柏树。传说，当年蒙古骑兵大量砍伐树木后，漫山遍野充满了残枝败叶。

秋天风从树根间吹过，千年古寺的周围仿佛哭声连天，在诉苦喊冤！而那些剩下的树木，早晚都是士兵们的刀下柴火，因此它们似乎都恐惧到了极点。海螺显灵的那一天，当士兵们又一次去砍柴时，其中一丛柏树竟然从刀口下出逃了，向着山野逃命。因此这棵神奇的"逃命树"，至今还在寺院的东山孤零零生长，仍然有一种惊魂未定的惶恐感。

三

继续沿着通天河东行。从中国第一支考察水资源的勇士们曾经登岸的地方，跟随杨勇他们的脚步去看看吧！

这里是第一世秋吉活佛创建的第一座寺院。是长江源头最大的寺院。该寺自1652年五世达赖进京途中由直贡噶举派改信格鲁派之后，寺院发展到鼎盛时期。解放前，寺僧多达1500人，整座山坡都盖满了僧舍。许多文物专家考察此地时，毫不夸张地称赞其为"江源的古格王朝遗址"。寺院历史记载，当年经堂和僧舍就隐没在郁郁葱葱的柏树间，有一种"绿树村边合，青山郭外斜"的意蕴。

传说第四世秋吉活佛时期，寺院扩建经堂，需要一棵大树做横梁。有人在寺院封山区砍了一棵柏树，运回寺里。不到一个月，此人眼睛瞎了。请教活佛后，方知是此人冒犯了树神。从此当地人在寺院禁地，更不敢乱砍一草一木。

传说中滴血的江源柏树

近年，寺院周围长出了两棵树，一棵是柏树；另一棵也是柏树。一棵是从天葬台上长出来的，那里是江源祖辈安息的地方。据一位老人回忆，当年天葬台上就有这么一颗神奇的树。传说它象征密集金刚净土外围，是尸林中央的八棵树木之一，是连接佛国净土的门户，也是脱离轮回苦海的码头。另外一棵是第十九世秋吉活佛的上师，一位20世纪初来自四川德格地区的大智者种下的树。有人说这棵树与其他柏树不同，有点异样。或许我是受了心理暗示的影响吧，仔细观察，至少颜色比其他树更绿，绿得有些发亮。终究，这两棵树已经扎根在信仰的沃土里，或许正做着绿树成荫、鸟语花香的梦。这梦里有晨钟暮鼓、海螺声声、梵音悠悠。

湖　泊

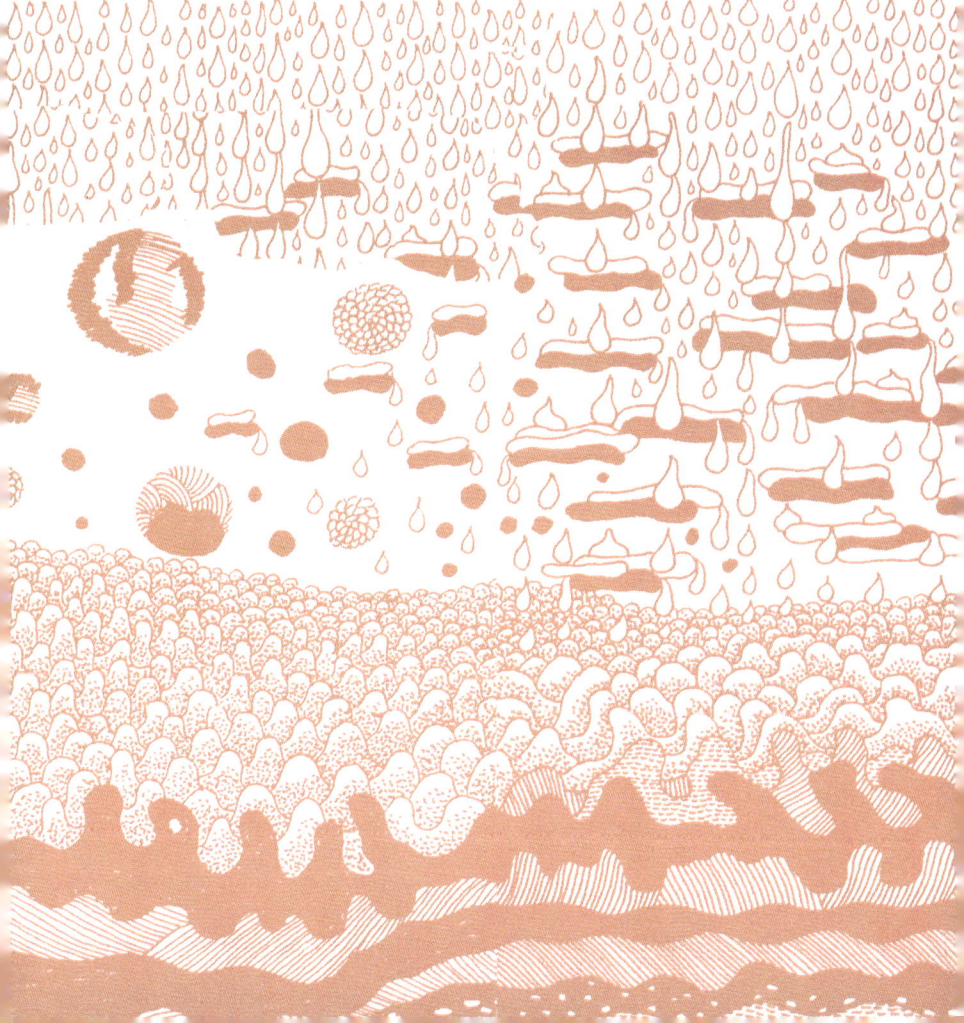

湖天一色　洛桑当求　摄

湖总是美丽的，尤其那心中藏着壮丽雪山的湖泊更显柔情万种，几乎将人世间的美丽独占，仿佛是一种美丽梦境的再现！

青藏高原是千湖之都。在大山宽谷间总有静静地横卧在大地的湖泊，仿佛是那一片湛蓝的天空轻轻漂浮在地面，四周弥漫着神话的氤氲，大海的涛声在久远的记忆深处回响！故事中的美丽仙女出场时从湖心溅出水花，轻轻步入人间的烟雾。远古时代，苍巴天神迷恋湖中发出的美妙乐音，静静地倾听了千年。最终从大海的涛声中和苍巴天神的禅意间诞生了一位美丽绝伦的仙女，她的芳名是妙音天女（央金拉姆）。这就是印度和藏族历代文人墨客顶礼膜拜的美丽诗神。

一提到湖泊，那带着梦幻般的美丽总是如影随形、风情万种。一提到青藏文化，湖泊是无法避开的话题。

青藏高原从地球的生命舞台上出场时，正如妙音天女一样诞生于蓝蓝的大海。公元 7 世纪中叶编写的《柱下遗教》及后来的著名历史经典著作《贤者喜宴》等史书中，开篇总是写道：青藏高原曾是一片汪洋，并记录了高原抬升的情况，而且这种记录的视角是俯瞰式的，仿佛从另外一颗星球上观察了高原抬升的过程。尤其在《格萨尔·宇宙形成史》中描述的高原抬升过程更加详细，仿佛进入了时光隧道。这种一头连着未知的历史的情况，总是被人们简单地处理成神话，其实谁都无法推测到神话传说中有多少真实的成分。即使科学已经证明青藏高原曾经一片汪洋，但是古代史书的那些记录仍然只被当作是一次历史的巧合。这样的处理已经司空见惯，因而青藏文化的大部分内存仍然只是神秘，而这神秘的背景是不必当真只可猎奇的神话传说。

青藏高原四面环山，捧着一片汪洋向着太空隆起。所有的生灵浸泡在海里受着地狱般的痛苦，就这样静静地感悟着大自然的巨变，谁都无法预测它将要创造一个什么样的千古奇迹。此时高原捧出的这一片汪洋，说它是海，它已经脱离了大海的母体；称其为湖，却漫无边际。大自然终于参透了一个千古哲理，从高原的东南面决开了一个口子，那漫无边际的海从这里冲破千古羁绊涌向大海，于是在高原留下了那惊天动地的记忆——雅鲁藏布江大峡谷。这是青藏高原沧海桑田，创造生命的壮阔序曲。从此那一片汪洋变成了无数个神态各异的美丽湖泊，变成了这方土地上神奇动人的记忆亮点。这些美丽神秘的湖泊是曾经汪洋的缩影，是袖珍的大海，因而藏族人仍然称其为"海"，如高原四大神湖，玛旁雍错湖、纳木错湖、羊卓雍错湖和错俄宝湖（青海湖），仍然被尊称为"错（措）"，"错（措）"就是海。那一个个晶亮如星星的神湖里荡漾着大海的记忆，每当月圆之日便是涌动千古思潮的时刻。据藏族文献记载，玛旁雍错的湖底连接着大海，湖旁曾经绿树成荫，鸟语花香。其中有一颗神奇的树，它的叶子落入湖中，被鱼吞进肚里就变成了金了。而叶落湖中总是发出"藏浦"之声，因而这颗蓝色的星球就叫"藏浦岭"——南瞻部洲。

湖是高原记忆的储存库，储藏着高原的变迁，储藏着高原人的梦想与追求，储藏着一个古老文化中最动人的部分——传说与故事。

漫步西湖岸边，历代的故事都陈列在沿湖一线，随着脚步便可以跨进某个朝代，甚至可以触摸苏东坡修建的堤坝，聆听雷峰塔下的诉苦。但是走进高原深处那一个个静卧大山的湖泊，你很难找到人为的痕迹，陈列的纪念。那清澈透底的湖水中倒映的不仅是蓝天，日月星辰也在其中运转。潮起潮落，浪花溅出的每一滴水珠曾经目睹过高原发生的一切，自然的变迁，生命的进化，一个民族文明的诞生与成长。然后用神话的形式珍藏在湖底，静静地向着熟悉它的人群传递着久远岁月的信息。

拜祭太阳湖

青藏铁路出格尔木市上升到昆仑山口往西南延伸，就穿越了"生命禁区"——可可西里。这一道线其实是唐蕃古道最北端的一条路，素有"蒙古道"之称。从这里向北遥望，蜿蜒于天地间的那一道雪山，便是横空出世的莽莽昆仑雪山，也是雪域高原最北端的一道自然屏障。古时这里称"阿卿羌塘"，属青藏高原三大平原之一。"阿卿"是指昆仑山，"羌塘"便是那苍苍茫茫的北部平原，在格萨尔史诗中它被描写成风沙漫天、阴魂不散的北方魔地，弥漫着血腥与罪恶。

我曾先后两次从青藏线上走进这片神秘莫测的天地，进去的目的

太阳湖与卓纳敦泽峰

只有一个——去看看太阳湖。

这是一片开阔的天地，开阔得几乎有点夸张。不经意间，只要伸伸脖子仿佛便能够看到青藏高原脚下的景色。你的每一个脚印都留在地球的顶端。月亮刚从地平线下沉落下去，晨曦的第一缕光线从你的脚底下穿过，影子从身后一直拉长到了天地尽头。四周是光秃秃的、低矮的山丘和寸草不生的、沉寂的戈壁沙滩。从七月的嘉洛草原进入这块土地，你的记忆仿佛处于休眠状态，没有青草的绿，没有花儿的香，没有牛羊漫山，没有牧笛声声，没有炊烟袅袅，天底下只有三种颜色无边无际地延伸开去——灰色的土地，如潮水般涌向产仔地的灰色的藏羚羊群，瓦蓝瓦蓝的天空。越过一片滩地，眼前又向你铺开另一片滩地。北部那一条蠕动的雪线总是给视线提供一处暂时停泊的港湾。视野所及处只有那缓缓移动的灰色才是唯一生命的存在。天地单纯到如此朴素，淡泊到如此伟大，也是大自然在这里展示的一种境界吧！

第一次未能看到太阳湖。只是在卓乃湖边遥想着她的美丽，中间是难以跨越的"烂泥滩"。这一路上如果没有那些从地平线上漫过的湛蓝的湖水，那么目光或许会迷失方向，记忆会在一个点上"打滑"。库赛湖、科考湖、卓乃湖，各领风骚，春意绵绵。卓乃湖是藏羚羊的寄魂湖，是千年不变的大产房，是藏羚羊生命轮回的起点。湖面飘荡着生命的水花，弥漫着新生的希望，春光无限，生机盎然。

第二次去是冬天。嘉洛草原冬天的景色恰好成了可可西里的前奏曲。这次总算有了过渡色，因而记忆并没有滑脱而去。尽管眼前仍是灰蒙蒙的地和瓦蓝瓦蓝的天，但是总能看到一些冰封的湖水，仿佛一种超然的神力定格于某个刹那，变成了镶嵌在天地间的一幅风景画。进入那片壮阔的天地，每一幅景色总是从地平线上缓缓映入你的眼帘，每一泓湖泊总是静静地泻在地平线上，四周的景色渐渐变得虚幻起来，记忆总是无处着落。走过之后，如夜空划过的一道流星。

去太阳湖拜祭，我们每个人的心中都有一丝凉意，而且这冰天雪地的冷峻，还有那一大片单色调的伸展，沉积在心底的宗教情怀也淡化至古朴，思想深处涌动着远古的哲思。

当卓纳敦泽（布喀达板峰）雪峰接到第一缕晨光时，我们从远古的沉思中飘然来到这里，望着前方，望着梦中的太阳湖。这时才感觉到我们迈出的每一步都是多么珍贵呀！这意味着太阳湖与我们之间的距离每秒钟都在拉近。

太阳湖的上空挂起一条淡淡的云彩，晨光涂抹了一层橘黄，仿佛捧送到贵客眼前的一条哈达。那云彩聚拢到一处，一会儿是一头狮子的造型，一会儿又是一堆燃烧的宝物、一匹天马、一副法轮、一顶宝伞，最后变成一条巨龙横跨于太阳湖的上空，而后渐渐变淡，变成一丝薄薄的轻纱，如袅袅桑烟淡入北边的晴空。

我们来到太阳湖边，眼睛搜寻着一块纪念碑。在湖的正南边一处突兀的小山包上找到了我们的老师、藏羚羊之父——杰桑·索南达杰的纪念碑！它在这里静静地守护着这片土地。您久等了，请老师受我们一拜！十多年来，我们可以向您告慰的是：您倒下的这一片土地已经变成了国家级自然保护区，藏羚羊变成了2008年奥运会的吉祥物，您掀起了中国保护藏羚羊的热潮，世人赞誉您是"藏羚羊的保护神"！

布喀达板峰倒映在静静的太阳湖中，显得更加纯洁而高昂，仿佛是树立在太阳湖边的一块巨碑。

我们在纪念碑的后面立起了杆，挂起了五彩的经幡，纪念碑前升起了袅袅香烟，为这色调单纯的世界增添了几分暖色。此时有人将一块刻得十分精致的嘛呢石小心谨慎地放在石碑前，退后三步，合掌向着石碑的方向默默地敬礼。他说这块嘛呢石来自他的家乡，至今已有800多年的历史，他想如此链接时空，对话今昔，想以上千年积淀下来的游牧文化祭奠这位守护生灵的英雄。有人拿出自己的护身符挂在石碑上，仿佛连通了此岸与彼岸，默默地沟通着心与灵。这一系列程序在悄然中完成了。最后大家拿出一包风马，撒向空中，以此作为仪程结束的感叹号。可是那豪气冲天的呐喊声怎么也不能从喉咙里发出，而驮着宝物的风马早已摇曳在湛蓝的天空下，由"狮、虎、龙、鹏"们护送着飘向远方。一声、两声、三声，向空中鸣放的三声枪响，算是助威呐喊，向中国20世纪最伟大的环保先驱——杰桑·索南达杰敬礼吧！

杰桑·索南达杰纪念碑

我们的目光随着飘然而去的风马，开始注视着四周的景色。这"生命禁区"的深处居然藏着如此迷人的景色，简直可以说是可可西里最动人的眼眸就深藏在这里。有人说可可西里有"美丽少女"之意。尽管这是一种错误的说法，尽管这种称呼与"北方魔地"不太相配，但是到了太阳湖旁，你会不由自主地想起"美丽少女"这个称呼！

湖是女性的，而且总是美丽的，尤其被布喀达板峰守护的太阳湖更加妩媚动人、风情万种。

四周环绕着雪山，魏雪峰遥对着卓纳敦泽雪山，巴毛尸骨堡（马兰雪山）静卧在湖的南面，洁白如玉的雪山倒映在碧蓝的湖水中，湛蓝湛蓝的天空轻轻地漂浮在上面。漫天漫地的太阳光弥漫开来，湖水含着雪山，映着蓝天，一抹轻轻的碧雾飘荡在湖面上，此时你印象中的天地会越来越模糊，渐渐地，你会感悟到湖就是天，天就是湖，到达湖不异天，天不异湖的境界！

临行前，一头狼以温顺的姿态向我们靠拢过来。所有人立即拿起自己的相机向那只狼走去。走三步照两张，最后狼与人之间只有十几米的距离。我们既紧张又激动，而且有一股宗教般的情怀充满了每个人的心灵。狼是格萨尔十三大战神之一，据说也是藏族最伟大的佛教大成就者阿斯秋吉卓玛佛母之坐骑，是岭部三大将帅的守护神之一，代表机智和勇敢。猎隼、金雕和狼是男人的战神，民间传说出门遇见它们就预示大吉大利。况且在荒无人烟的太阳湖旁遇到狼，真是千古奇遇，千载难逢！从它的动作上我们明白它在欢迎我们。有人悄悄说：这是太阳湖神的变化吧？！有的说：也许是索南达杰派它来欢迎我们的！有的欢呼：我们此行大吉大利！这时有人拿出三块手抓羊肉扔过去，那只狼绕得很远又折回到羊肉处。它想把三块肉都叼走，但是最后一块怎么也叼不起来，于是它索性蹲在那儿啃起来。我们不忍心打扰它，于是就悄悄向它作别。作别时大家都想不起适当的言辞，倒是其中有一位说得比较实在，他祝它永远找到吃的！就这样，我们渐渐离它而去，从湖的东边回望时，那只狼却蹲在石碑前目送着远去的我们！

在青藏高原众多的湖泊中，太阳湖是最单纯的湖泊之一，也是最轻松自由的湖泊之一。它没有多少世代相传的故事，没有承载多少远古文明的记忆。它只是曾经倒映过格萨尔王最英勇的女将——阿达拉姆全副武装的身姿，也目睹过呼风唤雨、吞云吐雾的北方巨魔，更是千年守护和关注着无数生命的诞生，也经历过几次生命的大扫荡。但自从那一块小小的石碑树立在湖边之后，太阳湖又恢复了千年的宁静。

她没有看到膜拜者匍匐的动作，没有看到过猎奇者贪欲的目光。甚至在那一块石碑出现之前，无人知道她的芳名，而且至今没有人知道"太阳湖"是音译还是化名，但是天生丽质的太阳湖配卜那震撼人心的"可可西里壮歌"——杰桑·索南达杰，毕竟扬名天下了。

从此她承载的负荷显得沉重起来。20 世纪中国绿色环保的第一块里程碑就静静地立在身边，2008 年奥运会的一个吉祥物——藏羚羊就出生在她宁静的港湾里，一个古老民族生态文明的点睛之笔就悲壮地落在这里！

聆听阿尼客嘉嘎瓦圣湖的心跳

湖泊的颜色是蓝色的，这是青藏高原众多湖泊给我们的印象，但是治多县西部的阿尼客嘉嘎瓦圣湖的颜色却非同一般，淡淡的黑色表面泛着白光，永远不以真面目示人。与她有点相近的是拉萨市东南部的吉祥天女湖，两湖颜色和形状都有点相似。吉祥天女湖据说能预示未来吉凶祸福，能观活佛转世情况，但是阿尼客嘉嘎瓦湖却没有这样的神通。

阿尼客嘉嘎瓦湖深藏在阿尼客嘉嘎瓦雪山的西南面，湖面总有细细的波纹，波光间荡漾的总是一群天鹅，四周静悄悄的，能听到浪锋冲击岸边的沙沙声。从湖边环视四仪，仰望蓝天，你会感到坐在一朵巨大的八瓣莲花座上，头顶着八辐法轮，这圣湖就是莲花的花蕊。此湖据说通到龙宫，是八大龙王之一白龙王的龙宫所在，同时也是雪山之王阿尼客嘉嘎瓦神山的王后，掌管着这方土地的财富和兴衰。很早以前，本地有一位叫索日的人，他身无分文，只是对此神湖有着不变的信念，因而开始转起湖来。某一天，他在湖边捡到一只羊，这只羊

"源文化"考察队在澜沧江源

脸色有点发蓝，羊角麻花一样卷着向两边伸展开来，羊毛很长。他自从把这只羊养起来之后渐渐变成了远近闻名的富户人家。当地人说此湖神奇无比，每当月圆之日或重大佛教纪念日，从湖中能很清晰地听到诵读经文、敲锣打鼓的声音。

当我们全身心地投入自然的怀抱，聆听湖底发出的奇妙声音时，听到的不再只是诵经敲锣的声音——湖面天鹅的浮水声，湖边青草被微风吹拂的声音，甚至太阳光洒在湖面的声音都清晰可辨。在万籁俱寂中聆听自然的乐音，也许只有在这深藏于万山丛中的阿尼客嘉嘎瓦圣湖边才能做得到！

行者之咒

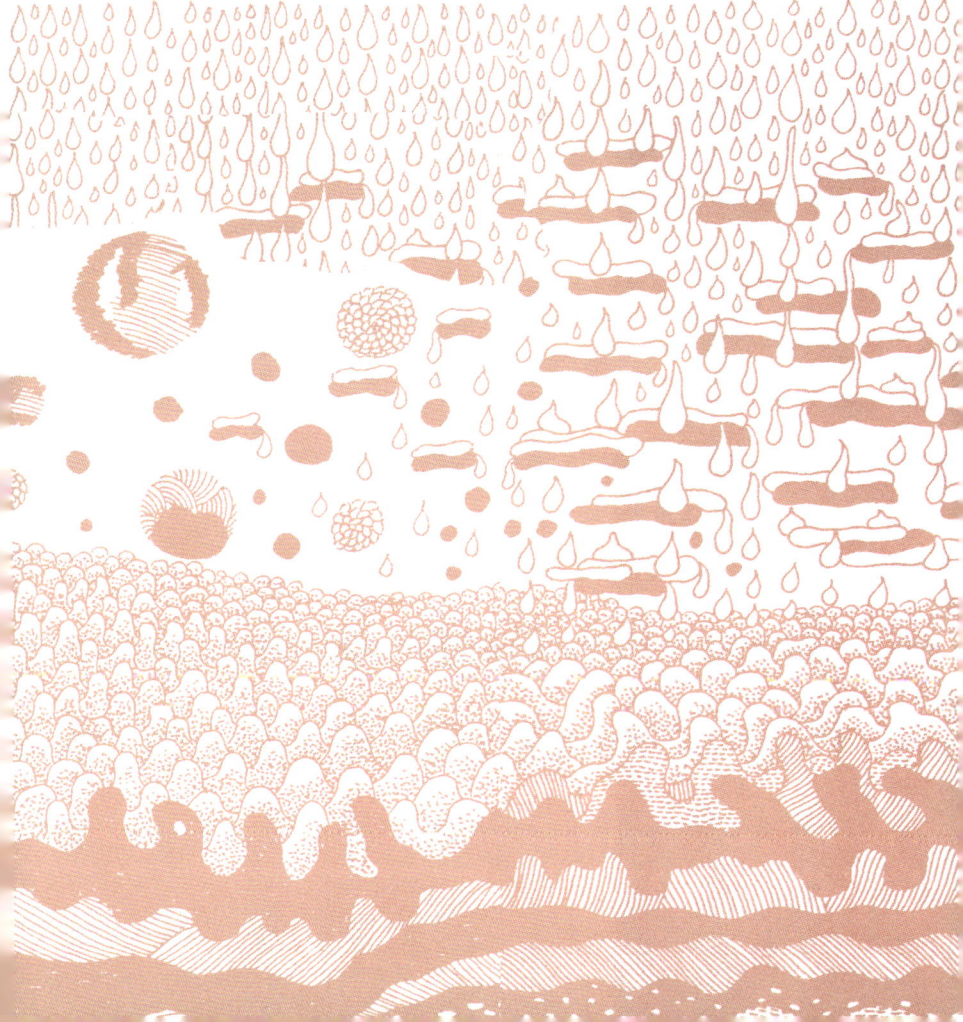

一

　　在人类漫长的历史中，最早的生存方式是狩猎和采摘野生植物。随着进化，狩猎衍化成了畜牧业，而采摘便是农业的前身。

　　以畜牧业为主要生产方式的游牧文化是人类与生俱来的天性，它具有喜新厌旧、异想天开、开疆拓土、永不停步的特性，它永远在探寻新的境遇，永远在"逐水草而居"。不管是人类精神领域的开创，还是外在空间的拓展，从某种角度而言，是人类千年游牧情结的萌发或者复活。

　　就青藏高原的千年游牧史而言，仿佛永远都在寻找一片新的天地，寻找一片生态完美的天地。而站在人类思想巅峰的智者们，他们最终展望的也是一片生态完美的天地。这是人类文明赖以生存和发展的命根，同理，所谓转山、漂流、登山、闭关，殊途同归，从其终极目的而言，是追寻一种新的境界。而这种"新的境界"是引领人类不断进步和发展的"诱惑"。不论从外在的物质世界来讲，还是从内在思想领域而言，它都是无边无际、无始无终的。就像真正的游牧人，他们的心中没有"定居"二字。从出生到死亡，命里注定只有一个字——"游"。而这种游牧情结是诱使人类不断发现"新大陆"的内在力量。在非游牧民族眼里，游牧生活就是常年漂流，居无定所，一

游牧人的马

游牧迁徙

年四季周而复始，单调、孤寂、无聊，几乎毫无乐趣，就像马丽华笔下西藏的阿里和藏北的牧人。在羌塘高原，汽车行驶百公里才能偶尔看到一户游牧人家。在她的字里行间透露出羌塘高原的"大"之于游牧人家的"小"，就像大海中的一座孤岛，岛屿的每个微尘都深深地被孤独所侵吞。所谓生命、人生、青春都不过是另外一个世界的专利。然而，一旦真正步入游牧人的生活，你会觉得另有一番天地。从冬季草场搬迁到春夏秋季草场，年年都有不同的感受和景象，每每有不同的故事情节。况且陪伴游牧人的是日月星辰、山川大地，他们的日历是高悬在天空的月亮，从太阳的位移和山的阴影推测时间，从一些动植物身上判别节气，从星斗获知季节的流转……他们白天审视大地，夜晚披阅星星，胸怀里吞吐宇宙万象，话语中藏纳千山万水。因而一部举世无双的伟大史诗——《格萨尔》，从游牧文化的土壤中茁壮成长，变成了人类文明的一大奇迹。

二

公元前 500 年左右，位于印度两河流域的文明就已经进入相当成熟的阶段。佛教、印度教、耆那教等，对生命宇宙的起源和人类的终极问题做了各自的回答。处于黄河流域的华夏文明也已经自成体系，儒道二家的始祖，他们的思想中那千古不变的游牧情结刚刚启航远行。

乔达摩·悉达多，一位家财万贯的贵族，一位权力和荣耀的宠儿，跨过王室的樊笼，蹚过"生老病死"的大河，向着人类千年不解的思想"彼岸"出发。向西，经过恒河沙数般的无量世界，他找到了"西方极乐世界"。王子的高贵和王权的荣耀，在佛祖的思想中，反而是通向智慧彼岸的羁绊。人世间的一切知识也只是世俗的外衣。这种文明的"包装"越厚实，到达彼岸的距离就越遥远。通达智慧彼岸的最大障碍，是人自身存在的烦恼障和所知障。所谓"所知障"，便是世俗知识的束缚。人一出生便毫无选择地落入这种世俗知识的网络，况且，这"网"是难以突破的铁制的"网"。那么我们如何逃离这闪着金属寒光的牢固的"天罗地网"呢？佛祖给出的答案是：出离。就像人们要攀登珠峰，就必须离开家，离开貌似理所当然的世俗的"圈子"；就像要漂流通天河，就要有诀别家人的勇气，诀别自己的过去，勇敢地、义无反顾地迈出"家"的门槛；就像要跋山涉水去转圣山、磕长头，最艰难的不是路途中的千难万险，倒是出发之前最后的抉择，即最后抉择"去"与"不去"的刹那间的念头。

　　佛祖早在2500年前就洞彻人类天性中"恋家""念旧"的弱点，洞彻人性中误将"过去"当作是"自己"的执着，在代表佛祖最高智慧的《心经》中呼叮人类：去吧！去吧！到彼岸去吧！到正确的彼岸去吧！到通达无碍的觉悟彼岸去吧！

　　这是一首赞美千古伟人的绝句，是催生人类游牧情结的咒语，是一句总括人类伟大壮举的真言！

三

"去吧！"远在千里之外的一位智者听到了这句真言——那便是已经到了"知天命"年龄的孔子，他深知其中的奥妙。于是他跨出家门，背井离乡，从泰山脚下起步，向西，向着这位千古哲人心中的"彼岸"出发了。他是一位现实主义大家，要在滔滔东流的黄河流域寻找或者建立他的"彼岸"世界。他每到一地，名声和地位迎面而来，但挑战和不满也紧随其后。于是一个神秘的声音总在发号施令："去吧！"就这样，行旅匆匆，向那遥遥相望的"彼岸"走了。在华夏大地留下一条深深的"孔子之道"！对此，研究孔子的古今诸多学者中，唯有顾炎武先生似乎有所开悟地点破："仲尼，一旅人也。"

"去吧！"老子的心中早就感应到这样的声音。站在人类智慧巅峰的伟人们，尽管他们现实的空间相隔千山万水，但是他们的心灵之间没有距离。老子并没有急于听从这神秘咒语的驱使，他似乎毫无挂念地等待着什么。他仿佛站在宇宙之外，静静地审视着日月轮回，四季流转，改朝换代。他洞彻宇宙的规律、人世的兴衰。任何事情都不急于求成，不必刻意地创造或毁灭什么，就像生下来不必刻意地寻求死亡，从生到死是一个永恒不变的规律。他劝导那些为治理国家而焦头烂额的国君们，不要白费功夫，要"无为而治"。他洞明一个朝代的衰亡和另一个朝代的兴起，放在宇宙大道中看，就像那一波三折的海浪一样正常。他也开导孔子，不必为恢复"周礼"而耗费生命。但是他发现没有人能听得懂他所提出的"道"，就像给一位天生的盲人指明前方的道路一样无济于事。他感到有些疲惫，感到如宇宙黑洞般的孤独。那神秘咒语又发出号令："去吧！去吧！"他西望古道，看到千古旅人从时间的地平线上渐渐消失的背影。于是，他倒骑着青牛向西走去，出了函谷关。鲁迅先生给老子出关设计了一幕苍凉的景象："窗外起了一阵风，刮起黄尘来，遮得半天暗。"对此余秋雨颇有同感地补了一句："老子会怎么样，很让人担忧了。"这是中国文人写给一代圣哲最终的通关文牒。鲁迅先生尽管隐藏得很深，非常艺术地处理了千古圣哲西行古道的晚景，但是大风刮起的那一幕黄沙，却使余秋雨先生对身处"关"外的老子，产生了"担忧"。其实老子早已过了人情世故的"关"，过了名誉地位的"关"，过了"让人担忧"的"关"。"函谷关"不过是老子漫长行旅中的地标而已！即使像"反孔"大家鲁迅先生，在老子看来，也不过是畏缩"关"里的恋家的"儒生"而已。他们并没有懂得老子心中那神秘咒语的真谛。

四

到彼岸去吧！当佛祖发出这个咒语的 200 多年后，在青藏高原的雅砻河谷，吐蕃崛起了。到了第二十七代赞普拉妥妥日年赞时，他曾经躲避朝廷中日益强大的苯教势力，秘密地供奉了佛祖的两部经文——《宝箧经》和《诸佛菩萨名称经》。缘此功德，据说他返老还童，活到了 120 岁。他曾经站在雍布拉宫之顶，遥指拉萨河谷先哲般地预言："我的事业将会在那里发扬"！其实他非常向往"到彼岸去"，想寻找一片新的天地，只是累世形成的官宦网络如难以逾越的铁笼，使他感到举步维艰。13 岁就掌权吐蕃王朝的松赞干布，振兴吐蕃的第一大壮举便是带着臣民"到彼岸去"——迁都。渡过雅鲁藏布江，一路向北，在崇山峻岭间，有一个当时还无人知晓却最终进入每个藏族人心田的地名：拉萨。

一个王国的迁徙，具有改朝换代般的震荡和开天辟地式的壮烈。要拔离 800 年盘根错节的贵族豪宅，抖落三十二代赞普层层堆垒的权威和荣耀，是常人难以想象的重轭。我们无从得知在这次迁都中遇到了多大的压力。当浩浩荡荡的迁徙队伍来到雅鲁藏布江边时，有些史书记载松赞干布下河洗了澡，显得悠然自在。当时他的大臣看到河里有一道光带在移动，问松赞干布。他说这是千佛心要"六字真言"，是雪域百姓共同的救主。他指着河岸崖壁上自显的"六字真言"和观世音自显像，让人们明白举国北迁是神的旨意。

举国北渡雅鲁藏布江，仿佛蒙昧和文明只隔一江之遥。从此吐蕃王国进入了文明时代。创制文字、制定法律、引进文明，走进了雪域民族的"新境界"。

到正确的彼岸去！当吐蕃派遣第一批举国最聪慧的十六位青年到印度留学时，他们肩负着创制藏文的艰巨使命。其中有人半途而退，有的中暑而亡，有的学无所成……唯独一位被印度人赞誉为"好藏人"的吞米桑布扎，却似乎领悟到这句神秘咒语的玄机。他遍访名师，博采众长，创制了具有完整语法和科学拼字造词理论的藏文字。仅从藏文字发音的生理部位和气息强弱的研究成果而言，用信息技术研究语言学的现代专家们都感到莫大的震撼。其实他何止是创制藏文的先贤而已，他实质上是雪域文明的曙光。他曾经对嫉妒他的朝廷大臣们宣告：我是吐蕃蛮荒之地最早出现的智者，是驱散黑暗的明灯！国王请像日月一样高坐，众大臣之中无人能与我匹敌！从他的身上凝聚着的许多"第一"便可足以说明他的伟大。如藏族第一位留学生、第一位语言学家、第一位翻译家、第一位佛学家、第一位国师、第一位诗人、第一位旅行家、第一位发明家，第一位……这样的"第一位"一直可以罗列二十多条。他是一代明君松赞干布的老师，更是青藏高原千年文明的先师，藏族人确信他是文殊师利的化身，将他供奉到最高智慧的神坛，千年以来香火不断，推崇备至。

五

　　到通达无碍的觉悟彼岸去吧！当松赞干布跨过雅鲁藏布江，成功步入雪域文明的盛世时，唐朝也向着强盛之路迈开了大步。与吐蕃相比，中原大地早在公元前 200 年前，就感应到了佛祖的神秘咒语的召唤。余秋雨先生认为，佛教传入中国的过程中，出现了"东土送经""西天取经"的不约而同式的有趣现象。致使"两大文明"之间得到了"深度交流"。在"送经"与"取经"之间相隔千山万水，道路千难万险。正如亲历"西天取经"的法显所说，两大古老文明之间是以"望人骨以标行路"而连通的；唐玄奘路经"十万八千里"，遭遇"八十难"方才取得"真经"，不料却因对一只老龟失言，连人带经落入汹涌的通天河，洗涤了最后一点罪障，这才通达天地大道，就此转凡成圣。那历经千年沧桑的"晒经石"，至今犹在通天河岸默默地祭奠着"西天取经"的千古旅人。细究唐玄奘"西宇周流十四年"，他生命的主题也不过是走向"彼岸"的"一旅人"而已。

　　在雪域高原，自吞米桑布扎创制文字后，"西天取经"的人群变成了浩浩荡荡的队伍。在藏地仅仅有历史记载的翻译家就多达 300 余人。在这群以壮烈的生命为代价引进文明的庞大队伍中，有一位在家居士，非常引人注目。11 世纪初，他曾经三进印度学取"真经"，12 岁参与"西天取经"的队伍，32 岁学成回国，历经危及生命的十三次大难。他就是藏传佛教四大教派之一的噶举派创始人——玛尔巴大译师。除此而外，引人注目的还有被遵奉为"新密宗"开山鼻祖的仁青松保大译师，以及邀请噶当派祖师阿底峡尊者的纳措大译师等。

六

300多年之后，又有一位16岁的少年，从宗喀神山之南毅然踏上西去的古道，求佛取经。他先在卫藏遍访名师，云游四方。20岁时在觉冒陇与众僧诵读《心经》时，入定观空后，对众僧诵经和散课的情景都没有觉知。已经达到如此高深境界，但他仍然对自己感到不满。37岁那年，他终于决定西去印度求佛，彻底探秘"中观"究竟。但是他的上师认为留在藏地更有作为，对佛教更有利。他终于放弃继续西进的念头，打消了心中那个神秘咒语的召唤。此时，西方走过黑暗的中世纪，正处在"文艺复兴"时期。在东方亚洲，遥相呼应，宗喀巴大师拉开了西藏宗教改革的序幕。他主张以戒律为根基，以显密圆融的方式循序渐进地"到彼岸去"。他的这一观点立刻得到了广泛的认同，并以他的驻锡地甘丹寺为中心的格鲁派像激起湖中涟漪般迅速四散开来，波及整个青藏文化圈，逐渐向北、向东扩散开去。宗喀巴大师的这一宗教改革几乎终结了雪域高原长达千年的佛门争鸣，改变了那神秘咒语的千年方向。从此佛光西渐，漂洋过海，在东西文明的交流中，充当着东方神秘哲学的代表，继续号召人们："去吧！去吧！到彼岸去吧！到正确的彼岸去吧！到通达无碍的觉悟彼岸去吧！"

"这是到智慧彼岸的咒，是大明咒，是无上咒，是无等等咒，是消除一切苦咒，因而真实不虚。"

注：《心经》咒语根据藏文版翻译。

极地盛开的莲花

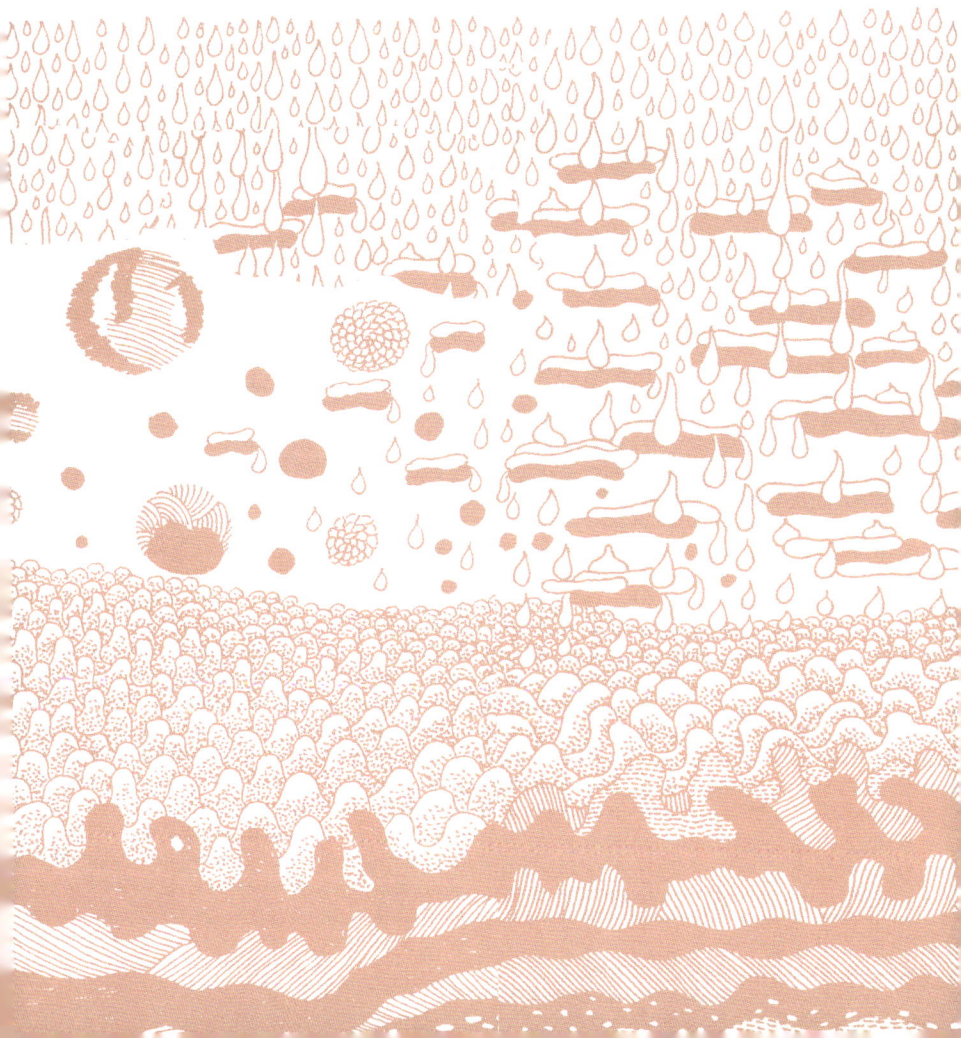

从青藏高原之外遥望这块神奇的地理单元，几乎所有的概念都在表达同一种意思——高。高到什么程度呢？佛祖说"八万四千由旬"；李白以很朴实的口气告诉中原大地上的人们："君不见黄河之水天上来"。万里长江从千年冰川倾泻而出时有一个气势不凡的名称，叫"通天河"。尽管已是科技发达的 21 世纪，当青藏铁路通往拉萨时依旧不乏神话色彩和史诗气魄，几乎不约而同、异口同声地被唤作"天路"。对地理学而言，除了地球的南北两极之外，似乎也发现了一个不得不冠之于又一"极"的"新大陆"——"第三极"。

伏地巨龙——通天河　洛桑当求　摄

"第三极"是自然地理的奇迹，这早已被人们所熟知。而这种自然环境中所产生的文化又如何呢？眼下，所谓的"藏学热"仍然是从"第三极"升腾的人文热气，大有扩散到全球的态势。其中的"藏传佛教""藏医"等已经渗透到了人们的日常生活中，成了许多人茶余饭后闲聊的话题。然而，用全新的眼光扫视"第三极"时，视线所触及最多的人文景点是什么呢？或许从来没有人思考过这样的问题，但是只要是去过那里的人，我想答案并不难找。曾经有人说："凡是有嘛呢石的地方就有藏族人"，就像凡是冒烟的地方就有火一样，嘛呢石似乎

是"第三极"的标志。

所谓"嘛呢石"，其原意是指刻有"六字真言"的石头。而在长江源区的牧民称其为"叭咪"，取自"六字真言"中的第四、五字。意即"莲花"。随着石刻文化在历史中的演进，后来泛指刻有佛教经文的石头，统称"嘛呢石"。当然，在石刻经文中占多数的仍然是"六字真言"。

"六字真言"不仅刻在石头上，而且几乎融入了藏族人的血脉，融入了藏族母亲的乳汁，融入了青藏高原的山川土地。流淌在雪域大地上的每一条溪流，都从嘛呢石的"真言"上淌过，掠过第三极的每一丝微风都吹拂过嘛呢石刻的经文；太阳翻越高原，它的每一束光线都触摸到了"六字真言"的温度……青藏高原满身是"六字真言"，是一座举世无双的嘛呢石城，是石刻文化的露天博物馆。2500 年前，佛祖曾经面朝北部雪域高原拈花微笑，佛陀的弟子除障盖菩萨的智慧达不到 2000 年后雪域生灵的未来，于是合掌请教了佛陀微笑的奥秘。

一

这漫山遍野的嘛呢石，开满青藏山川大地的"莲花"，究竟是什么时候启刻的？又源自怎样的时机得到了佛陀加持呢？

公元前 500 年的某一天，竹林精舍里佛陀庄严地坐在众多菩萨和

石刻经文

罗汉的中央，从眉宇间的白毫发出一道五色的光，向着北部遥远的雪域王国散射出去。佛祖凭借这道神秘的佛光，慈悲祥和的容颜上笑脸舒展。佛陀八大弟子之一，除盖障菩萨起身合掌，恭请导师开示微笑的原因。于是佛祖的慧眼穿过茫茫未知的岁月，向众弟子开示了《白莲经》。《白莲经》是一部直击未来时光的神奇预言性经典。在这部经中佛祖预言，三世佛都没能和将不能开化的雪域边地，却于未来的时光中，佛光将会如同太阳一样普照雪域大地。佛祖扫了一眼观世音菩萨，继续宣说："教化雪域众生的导师，将是大慈大悲的观世音菩萨。他曾在千佛座前发愿立誓，三世佛未能教化的蛮荒雪域生灵，将会由他引领到成佛的道路。"

　　佛祖发出预言后的 1000 余年，在青藏高原雅砻河谷的吐蕃王室，出生了一位神奇的小王子。他生下来头顶就多了一颗肉痣，细看上面仿佛有阿弥陀佛的面容。他的父母为了隐藏这个秘密，从小就给他头上缠了一条布，后来的吐蕃似乎将缠布的头饰当成了时尚流行开来。他便是雪域文明的开路先锋，名垂千古的吐蕃第三十三代赞普。他天生聪慧好学，文武双全，思想深邃，故取名"松赞干布"。"松"有正直、公正之意，"赞"有强悍无比之意，"干"有坚定深邃的意思。他13 岁登基王位，主持吐蕃朝政。他第一个治理朝政的举措，居然是令众多大臣谈虎色变的"迁都"问题。据吐蕃史书记载，在建立吐蕃王国已有 946 年的时候，第二十七代赞普拉妥妥日年赞，曾经站在雍布拉宫之巅，向北遥望着拉萨河谷，满怀崇敬却无可奈何地感慨道："我的事业将会从拉萨河谷强盛发扬！"据说拉妥妥日年赞 60 岁时，天授佛经《宝箧经》心要"六字真言"等神秘法物。据此有人说拉妥妥日年赞时代印度文明的曙光就出现了雅砻河谷的天空。拉妥妥日年赞深深感到被 900 余年形成的王宫贵族的复杂网络所束缚和拖累的吐蕃，几乎到了举步维艰、难以喘息的境地。他几次提出"迁都"的设想，都没能达成共识，遂发出了望"北"兴叹的感慨。

松赞干布执政不久，力排众议，力挽狂澜，实现了历代吐蕃赞普举国北迁的伟大梦想。在"迁都"途中，当浩浩荡荡的迁徙队伍涌卷到雅鲁藏布江边时，他突然下令停止前进的脚步，卸下物件，让驮牛放牧草原，开灶野炊，而他却出乎众臣意料地下河洗澡去了。跟随赞普的尚论（舅臣）囊钦宝看到河里有一道五色的光在闪耀，叩问赞普时，他说这是千佛心要，教化雪域众生的"六字真言"。此时从河岸崖壁上发射出五色彩虹，投射到对岸石崖上，出现五色虹光形成的网。缘此，河岸的村庄唤作"夹当村"（夹是虹，当是色彩）。虹光消失后，在崖壁上出现了天然形成的"六字真言"和观世音像等。这大概可以追认为雪域大地上最早出现的石刻嘛呢吧！当时"六字真言"自显于杰日峡谷的崖壁上，这对藏族来说与观世音菩萨像没有什么两样，纯粹是一幅画而已，没有人能够认得它。

十二岁的松赞干布，自登上吐蕃王位以来，就显示了雷厉风行、文韬武略的政治家风范。吐蕃周边的大小诸国纷纷前来献贡，出现了有史以来最繁盛的外交事务。与各国交往时，由于没有自己的文字，松赞干布感到诸多不利且有失颜面，遂下令派遣天资聪慧的十六位朝臣之后，远赴印度求学。十年苦读，学成归来的吞米桑布扎，遵照赞普的旨意，在布达拉宫正北方的郊区，九层楼高的玛热宫殿中潜心钻研三年，创制了三十个字母的藏文。当他将研究成果奉献给赞普时，为了缘起，首先在一块石板上刻了"六字真言"，敬献给国王。由此，真正意义上的第一块嘛呢石诞生于雪域高原，也缘此出现了藏文书法史上的第一个大家——吞米桑布扎。

二

　　雅鲁河边的杰热峡谷崖壁上的"六字真言"，史书记载是自显的，后来由几位尼泊尔的匠人重新摹刻了一遍。这是大自然的手笔。正可谓鬼斧神工，天造地设。这似乎是以吞米桑布扎为代表的藏族文明前弘期诸多文化先师出场前的精神背景，预示着一代伟人松赞干布的出世，更预示着两大古老文明引进雪域高原的序曲。这种尊崇大自然的智慧，师法自然，从大自然的启示中解读人类命运的方法，可以追溯到雪域高原最古老的苯教思想，甚至更远的岩画时代。近年来，在通天河流域发现了大量的古岩画。例如，治多县境内的登俄荣岩画群，

触摸巨幅石刻"六字真言"

巨幅石刻"阿弥陀佛心咒"

曲麻莱县境内的昂仁岩画群。这些岩画给我们传递了什么信息呢？说简单一点，他们想说什么？从岩画内容上看，与西藏、内蒙古的岩画相似，大部分是动物，也有少量的狩猎场面和其他一些符号。从欧洲、非洲和亚洲发现的大量岩画中不难看出，古岩画从内容上看几乎离不开人类最早期的狩猎业和采集业，是写在石头上的古代人类历史。而这种在石头上刻写历史的传统，在青藏高原的藏族文化圈中似乎从来没有出现过断层。在世界其他地区，岩画已经成为考古对象，而在雪域高原至今仍然是一个传承不断的文化。对藏族岩画稍微梳理一下，从当代石刻文化现象就能清晰地发现一条发展脉络。纵观整个藏族文化史，松赞干布时代既是一个高峰，又是一个转折。他之前的藏族岩画只有各种形态的表现，很少有符号，更不用说文字。从他在雅砻河谷发现"六字真言"的崖刻文字开始，岩画就出现了壁画和石刻文字两种形式，而且从严格意义上讲，如今风靡青藏文化圈的"嘛呢石"，也是启刻于松赞干布时代。

三

佛祖曾开示弟子，以他最后成佛的道场——金刚座为中心，其四方有四大圣地，即东方五台山，南方布达拉（或称普陀山），西方乌杖亚纳，北方香巴拉国。以这种地理布局来看，香巴拉国应该在雪域高原，但是具体在哪里呢？

相传，香巴拉是一处千古难寻的圣地。但是近年却凭借一位洋人的小说，框定了香格里拉的区域位置。尽管显得有些滑稽，但是毕竟朝着落地香巴拉迈出了一步。当年佛祖望着北部雪域高原，审视着这方圣地，面露笑容，引发了弟子的好奇心。这笑容里不仅蕴含着一部连通古今的《白莲经》，而且深藏着一个千古难解的圣地之谜，藏纳着一方千年不变的信仰国度。这里的信仰深深地刻在石头上，铺展在大地上，风声里携带着"六字真言"的声音，江河里浸润着"六字真言"的慈悲。当虔诚的目光看着当年松赞干布用深邃的目光注视过的那副石刻"六字真言"，默默地叩拜吞米桑布扎亲手凿刻的国献礼品——"六字真言"石刻板时，似乎能够触摸到石刻文化的源头。这源泉里流淌出千年不竭的信仰之河，流淌出一个民族的文化之河。搜寻祖祖辈辈所追求的心灵归宿，从那状如山丘，浩如恒河沙数般的嘛呢石中揣摩到前行的足印，锤炼的凿痕。

"嘛呢"和石头的结合，似乎更加坚定了雪域民族的信仰，在风云变幻的历史进程中，风吹不倒，雨淋不透，岁月难以剥蚀它。是那石刻在崖壁、堆成墙的嘛呢石，早已融入大自然的怀抱。它一半是人文，一半是自然。

"嘛呢"用锤凿敲击石门，进入了大自然的永恒法则。这是佛的智慧与大自然智慧的结合。佛如是说："此'六字真言'，或写在宝物上，或布上，或纸上，或树皮上，甚或写在土上、石头上，相当于写了八万四千部佛经。缘此，此生获得幸福、富裕，取得即生成佛。对此勿怀疑，勿持二心。大海的每一滴水珠能够数得清，但是'六字真言'念诵一遍的福德谁都无法算出来；雪域大地上的每一粒尘埃，花草树木等能够一一数得清，但是'六字真言'念诵一遍的福德谁都无法计算。"

唵嘛呢叭咪吽！佛说"六字真言"，能够消除六道轮回之苦。"唵"能消除天之生死苦；"嘛"能消除非天之斗争苦；"呢"能消除人之生老病死苦；"叭"能消除畜生之役使苦；"咪"能消除饿鬼之饥渴苦；"吽"能消除地狱之寒暑苦。

"六字真言"是走向天堂的阶梯，是杜绝地狱的大门，是超度轮回大海的轮船，是消除黑暗的明灯！千年以来，"六字真言"与雪域祖辈们相伴一生，几乎会说话就会念"六字真言"，会干活就会刻嘛呢石。刻凿嘛呢石既是一种石刻匠人的生计门路，同时也是藏族人的生活习惯和精神寄托。尤其是在藏族游牧地区，嘛呢石便是祖辈生活中留下的唯一痕迹。牧民"逐水草而居"，四季搬迁，常年游牧。祖辈的生活逐渐变成故事，他们没有坟墓、没有墓碑，没有家谱，甚至他们的姓名都随着生命的消失而淡出人们的记忆（藏族人，尤其是藏族游牧区讳言亡人姓名）。唯独在草原深处那一堆一堆的嘛呢石，便是祖祖辈辈曾经存在的见证。记得小时候，在牧区每有人去世，远近的亲朋好友邻里同乡都自觉地集中到一处，为亡灵凿刻嘛呢石。那"六字真言"的凿痕间留下的不只是佛的加持、观世音的点化，还留下了草原深处游牧人的纯正情感和乐于助人的豁达情怀，更留下了世代不灭的"孝心"。

听祖辈讲，20世纪初，在长江源的江赛族人中有一位修行者，因其行为怪异，不按常理生活，有诸多不可思议的举动，所以人称"拉加疯子"，在长江源的每一处几乎都有关于他的传说。甚至在许多高山之巅都有他在岩石上刻下的经文。我小时候上山挖虫草，一次在一块草地上偶然发现了许多藏文字母，细看之下找到了"六字真言"，找到代表佛的身语意的"唵阿吽"等字。那天，我忘了寻觅虫草，我在大地上寻找文字。找到一个又一个字，最后爬到了一处高台鸟瞰那满是文字的大地，那些字里行间长出的各种小草像是在对准焦距，一会儿模糊，一会儿清晰。我似乎读懂了其中的奥妙，读懂了融入高山大川，与自然合为一体的藏文化。回家告诉母亲"我的伟大发现"时，母亲没有表现出一丝惊讶，非常平静地告诉我，那是"拉加疯子"所为，不算什么奇迹。据说有缘人能看到他刻在大地上的经文。母亲跟我讲了许多"拉加疯子"的传奇故事，但是至今难以忘记的是"拉加疯了"的"孝心"。

"拉加"原本是一位虔诚的佛徒。常常出没于深山野外，一边修行一边刻嘛呢石。他的修行不是表演给世俗人看的，他是一位虔心修佛的"米拉日巴"式的人物。他刻的嘛呢石，字体清秀，刻凿精美，是难得的艺术珍品。他刻嘛呢石从来不收取费用。只要提出费用，他会立刻甩手就走，九头牛都拉不回来。他刻字的速度惊人，看他刻字时，只见凿子底下溅出的碎石子如雪花飞溅。不到半杯茶的工夫，一块盈尺见方的精美嘛呢石就能出现在眼前。更有甚者，他的母亲去世后，他为了报答母亲的生养之恩，据说从圣地拉萨开始启刻嘛呢石，每刻完一块石头便将其按"一"字形紧紧排下来，一直延伸到长江源头他母亲去世的那片土地。整个过程他到底用了多长时间，经历了怎样的艰辛谁都无从得知。直到1953年左右，有人看见他已经临近江源那片土地。他的行囊很简便，一块用毡子包裹的背包和炊具。背包里据说是他母亲的头颅，从不轻易放置于地。据说有人曾经为他统计过从拉萨到江源的嘛呢石长线到底由多少石块组成？粗略估计至少有300多万块嘛呢石。这是一条源于孝心的嘛呢石"长城"，又是一条伸向慈悲之心的通天大道。

青藏文化圈对于石头有一种神秘而难以割舍的情结。许多古老的史书都有源自"伏藏"的记载。所谓"伏藏"，就像是埋葬在地底下的"远古文明"。据说只有一些命定的"掘藏"师，才能够开启那神秘的"远古文明"的大门。而寻找这些"伏藏"的标志却往往记录在一块酷似某个动物造型的磐石上。对于这种神奇而独特的"伏藏"文化，在著名史诗《格萨尔》里描写得淋漓尽致。只要找到敲开地下宝藏的

白石镶嵌成的海螺

石门和守护宝藏的神灵，并且受到天启，就能够自由驾驭宇宙的宝藏。在《格萨尔·嘉洛宝藏宗》中记载，嘉洛丹巴坚赞掘藏嘉洛财宝时，对其伏藏标志有这样的描述："在阿尼客嘉嘎瓦雪山的东面山腰，美丽的草甸之侧，有一块类似狮子的磐石，上有自然形成的'阿'字标志……"他们打开自然之门，不是用凿子和小锤，而是用一支带有咒语的箭，射出去，命中标志，石门轰然开启。随之经文史书、绫罗绸缎、珍珠玛瑙、金银财宝源源而来，随取所需。嘉洛丹巴坚赞酬谢大地神灵，神灵回馈人间珠宝，旋即闭合石门，重归自然，天衣无缝，再无痕迹。

何谓康巴文化

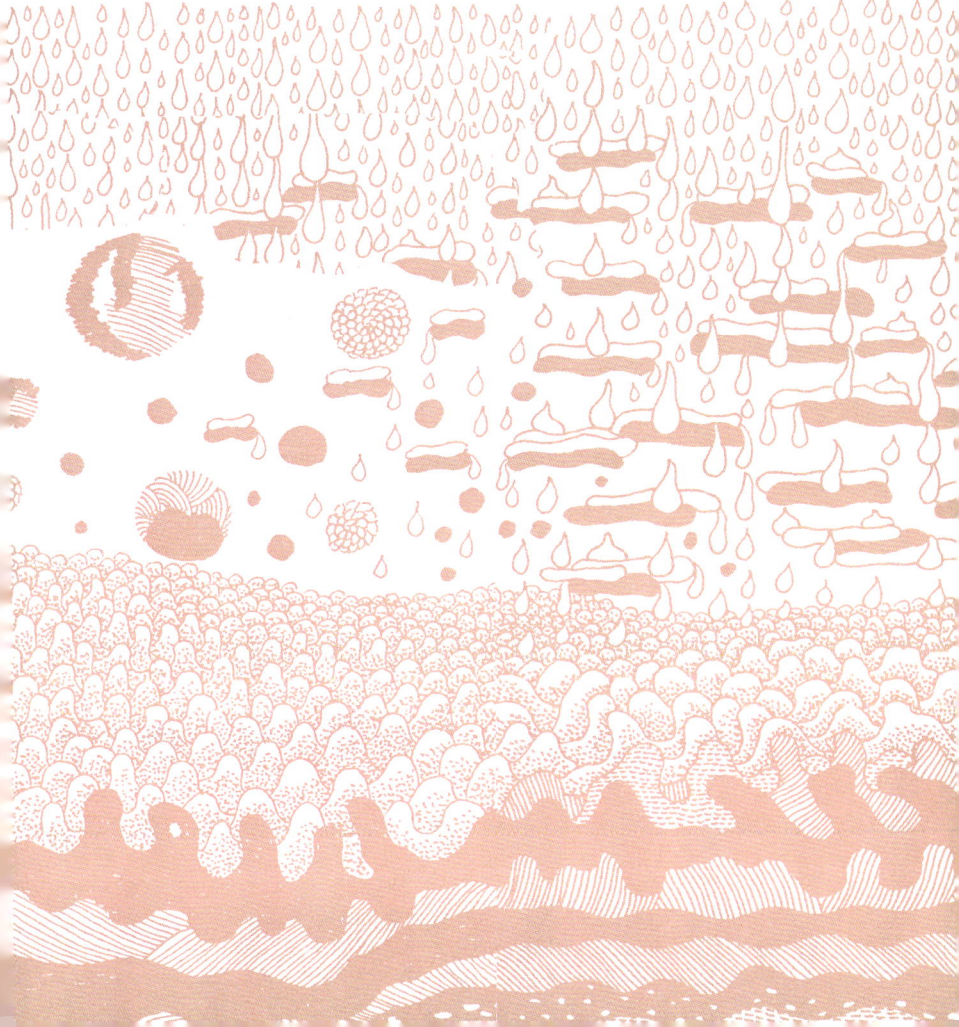

"康巴"和"文化"组合成一个词组，是近些年在我国藏学领域出现的具有学术价值的新概念。在此基础上，甚至有的学者提出了要建立"康巴学"的学术构想，并在不同层次和不同领域做出了有益的探索。"康巴"与"文化"链接，是一个很有前景的学术课题，同时也是很受现代人关注的话题。那么，何谓"康巴文化"呢？稍微留意一下当前的藏学研究领域，真可谓是仁者见仁，智者见智。要回答这一问题，首先遇到的难题是内容宽泛、边界模糊的"康巴"和同样宽泛而没有定论的"文化"两大概念。本文不想与学理中的概念纠缠，从众说纷纭的迷雾中试图梳理出一条脉络，努力为"康巴文化"勾勒出大致的骨架。

近年来，中华大地上到处充斥着"文化"，人人都在说"文化"，甚至每一根草的名称后似乎都可以加上"文化"二字，比如"虫草文化""雪莲文化""格桑花文化"等等，但是，静下心来细细品味这些被"文化"乔装打扮的概念，却感到一头雾水，没人能够说得清、道得明。之前，继《狼图腾》那部小说引发的"狼文化"之后，在我们康巴地区，一个奇怪的概念一度走红——藏獒文化。尽管现在看来，那是一种昙花一现的经济现象，不应称其为"藏獒文化"，而应该称为"藏獒经济"。这种群龙无首式的"文化"泛滥，一方面表现出对"文化"的强烈渴望，另一方面也表现出一种大的文化环境的缺乏和坐镇，面对这种"草木皆文（化）"的当今，要讲清什么是康巴文化，需要那种君临天下式的气度和胸怀，需要那种鸟瞰地球的视角和智慧。作为略知康巴文化皮毛的我，要完成这样一项艰巨任务，显得苍白无力，力不从心。因此，我声明，若有"言过其实"之处，恳望睿智的读者们给予宽恕！

一、解析"康"与"康巴"

（一）藏族历史中的"康"

"康"——以方言而论

纵观藏族人聚居的青藏高原，从方言的角度来分析，自古就有三大方言区，即"朵""卫""康"三大区域。这里的"朵"指的是今青海、甘肃境内的安多方言，"卫"是指以拉萨为中心的除昌都以外的西藏地区，"康"是指位于"四江"（黄河、长江、澜沧江、怒江）源区流域的甘孜州、阿坝州部分地区、昌都市、玉树州及黄河源头的麻多乡，凉山彝族自治州的木里藏族自治县。这种区分是根据不同方言区域划分的，但是其概念明显带有地理特征。它将整个藏族布局在一条山沟里，后根据方言的不同，将其划分为三块区域。所谓"朵"是指山沟口，即山沟的最末端；"卫"在这里可以理解成山沟的源头，而"康"是指位于"朵"与"卫"之间的广大地域。在五世达赖的《自传》等正统史书中，习惯上称其为"拔尔康"，即中间区域。

"康"——以藏族三大地理区域而论

古时，藏族将青藏高原从自然地理的角度划分为上、中、下三大地理区域，即上部阿里三围、中部卫藏四如、下部朵康六岗。在《汉藏史要》中，记载了这一地理划分方式的最初说法。书中讲："上部三大区域，被雪和石山围绕，仿佛是蓄水的地方，到处是鹿和黄羊等野生动物；中部三大区域，岩崖和草原，仿佛是农田，被猕猴和岩魔女所占居；下部三大区域，森林覆盖，仿佛是田野，被大象和飞禽所占领。藏族的古人类还没有出现。"在这部史书里，纯粹是一种自然地理的划分，还没有出现"卫藏""阿里"和"朵康"等明显带有人文色彩的地理概念。在五世达赖的《西藏王臣记》中将这三大地理区域描述得相当清楚。书中有一段这样的描述："神圣的三宝之主用无垢的慧眼俯视大吐蕃的王国时，（那雪域大地）上部的阿里地区是大象和野生动物的天地；中部卫藏地区是野生动物和猕猴的家园；下部朵康地区是猕猴和岩魔的领地。且上部是流石山和雪山；中部为岩崖和草原；下部被（茂密的）花草和森林所覆盖。"这里既有行政意义上的区域描述，又有自然地理的区分，从中可以看到藏族三大地理区域的大致范围。这种"上、中、下"的划分方法中，将"朵"和"康"合并到下部地理区域，"康"没有成为一种独立的地理概念。在《弟吴宗教源流》中写道："三大区域是：上部三域，下部三域，中部三域。或者朵康、蕃康、宗康三大区域。"这是松赞干布执政前的一种区域划分法。所谓"上三域"似乎指的是"朵康","中三域"是蕃康（卫藏，包括阿里），"下三域"是"宗康"（安多地区）。松赞干布时期的戍边三军的管制区域也大致与此相符。《弟吴宗教源流》中记载："下戍边军队是玛卿雪山以东，嘎唐勒载以西"。从这里可以看到"下戍边军队"的管理范围与"下三域"宗康是基本一致的。那么这里的"朵康"显然是"康区"。

"康"——以"三乔卡"而言

"乔卡"一词产生于元朝初期，是蒙古统治阶层对藏族地区的一种划分方式。元朝在全国共设立 10 个行省，即岭北、辽阳、河南江北、陕西、四川、甘肃、云南、江浙、江西、湖广，设立了两个单列区划：1. 中书省之下的"腹里"，即山东、山西、河北和内蒙古等地；2. 由宣政院（初名总制院）所辖的吐蕃地区。所谓"三乔卡"是对藏族地区进行的三大粗略划分。根据元朝对划分行政区划的原则，从人数上讲，整个藏族地区的人口达不到一个行省的标准，因此以"三乔卡"来命名。这里所说的"乔卡"（chaolakha）在《藏汉大词典》中解释为"发祥地、流行区"，但是从它的历史渊源上讲，似乎是汉文"区划"二字的音译。"乔卡"一词最早出现在巴觉松保的《汉藏史集》中。书中写到元世祖忽必烈接受元帝师八思巴的三续部灌顶时，为了酬谢逐一将吐蕃区域赠送给上师。其中赠送中部灌顶的礼物时，书中记载："中部灌顶酬谢赠送了三大乔卡。（其地理范围）以阿里贡塘至索拉加沃为界，

167

是神圣佛法区；从索拉加沃到黄河第一湾为黑发人区；从黄河第一弯到汉地白塔间为畜牲马区。"书中提到的"黑发人区"，基本上与康区地理范围相吻合。在《藏汉大词典》中将"三乔卡"解释为三区，即"古代藏文典籍中，划分青、康、藏地区时，说卫藏为教区、多（朵）堆为人区、多（朵）麦为马区"。在这种三大藏族地区划分中，将阿里、卫藏合并称为"佛法区"，而将"朵康"分离出来单独称为"人区"和"马区"。元朝时划分为三区，有的学者认为是一个文化区域的概念，但是结合历史而言，这种划分是政治统治的需要。"多（朵）麦"是为蒙古骑兵征战四方提供军马的雄厚力量，而"多（朵）堆"是补充部队壮丁的最佳区域，"卫藏"是安抚和稳定藏族人灵魂的区域。所以从统治阶层的战略眼光和政治功能上将青藏高原的藏族地区划分成了"教区""人区""马区"。不管怎么样，在藏族"三区划"的划分中，"康"终于作为"人区"单独成了一块区域。

"康"——以佛教文化而言

著名藏学家东噶先生的《东噶辞海》中记载："康和安多总和的东部广大区域统称为'康'。所谓'康'有边远区域之意"。这种"边远"和中心的区分，尽管有政治意义上的划分，但是就藏族而言，更受到佛教文化的影响，将佛法兴盛的拉萨称为"卫"，而远离佛法中心的地区统称为"边地"，即"康"和"朵"。在五世达赖的《西藏王臣记》等文字中将"康"称为"巴康"或"朵堆"。

综上所述，在藏族历史中，对于三大区域的划分和称谓有了不同的意义和内涵。主要有"上、中、下"三部的地理划分，有"朵、卫、康"三个方言区域的划分，有"教、人、马"三大区划的划分，有边地和中心的宗教意义上的区分。在种种演变当中，最初将"康"称为"上三域"，但是概念上仍然叫"朵康"；元朝的三大区划中称为"多（朵）堆"，但是，所指的范围仍然是"康"区。

（三）康巴

康巴的原意

"康巴"在藏语中有康区人的意思。"巴"是藏语法中表示"人"的代词。比如出生于安多宗喀地区的格鲁派创始人洛桑扎巴，卫藏地区的人们习惯称他为"宗喀巴"，即"宗喀地区的人"；第一世噶玛巴都松钦巴，出生于康区，人称"康巴额塞"，即"白头康巴人"。这里的"巴"指的就是人，而非地区名称。

在康巴人的族源问题上，藏族传统的史书记载和传统的观点比较吻合，认为藏族的族源上尽管有南来说、东迁说和本土说的看法，但是根据青藏高原的考古成果和诸多藏族史书的记载，都基本指向"本土说"的观点。传统观点认为：藏族从猕猴和岩魔女交合繁衍成六大氏族，即色、莫、董、东、哲、珠。其中阿波董氏的后代分布于澜沧江流域，米查嘎氏的后裔繁衍生息在通天河流域的尕朵觉悟神山四周。这两大古老氏族便是康区族人的始祖。在《格萨尔》史诗中也记载了嘎氏和董氏的情况。嘎氏家族中最著名的人物就是史诗中提到的珠牡。他的父亲属于米查嘎氏，是岭国最富裕的三十员大将之一，叫嘉洛丹巴坚赞。居住在通天河南源的"十全福地"，即现今玉树州治多县政府所在地。董氏主要聚居在澜沧江源区。史诗中的董柏日尼玛坚赞便是董氏家族的后裔，他掌管达部十三万户，是岭国三十员大将之一。与此观点不谋而合的是考古发现，从可可西里地区发掘的被称为"玉树人"的考古发现和近年全国文物普查工作中在长江源流域发现的诸多古墓群和岩画群，都有力佐证了"本土说"的观点。据考证，早在两万年前，康区境内的通天河流域就有人类活动的迹象。根据藏族史书记载：藏族古老六大氏族发祥于雅砻河谷，后逐渐迁移扩散到整个青藏高原。其中阿波董氏和米查嘎氏两大氏族，不知出于什么原因，几乎大举东迁到了青藏东南地区。到吐蕃松赞干布时期，归属于"松巴茹"，成为吐蕃五大军事管制区，与吐谷浑（瓦夏族）、党项、纳西等诸多部族融合而形成了康巴地区的藏族。

"康巴"的引申义

"康巴"一词的原意是康区人。这种称谓最初是卫藏地区对从康区来的经商、朝圣者的总称。正如从卫藏来到康区的人，泛称"卫巴"，从宗喀地区来的人，泛称"宗喀巴"一样。在澜沧江源和长江源的游牧地区，从姓氏的命名上能够清晰地知道藏族三大区域间人口流动的大致痕迹和姓氏演变的状况。比如在康区有"藏巴""卫巴""伙巴"等姓氏，即"后藏人""卫藏人""那曲人"。从这里可以发现，姓氏中隐含着一种历史的变迁。在藏族古老姓氏的演进中，注入了新的内容。"康巴"一词却没有演变成姓氏，而随着历史的变化，社会结构和地区称谓的不同，它逐渐演变成了藏族古老三区之一——"康"的代名词。出现这种情况有两个原因：首先，新中国成立后，藏族地区的行政区划重新做了大调整，将沿用上千年的"朵""卫""康"三区中的"康"区划分在了青海、四川、云南和西藏三省一区。从行政区划上讲，"康"区已经不复存在。但是从藏族历史和文化角度而言，它们有着千丝万缕的千年渊源。通天河和澜沧江仍然在千年不变的河道上流动，康区人仍然操着祖辈的口音在交流、生活，因此有着千年历史积淀的"康"的概念在民间仍然沿用；其次，从20世纪90年代开始，首先从玉树地区发起了川、滇、青毗邻地区文化艺术节。这一节日回归到历史，可以简称"康巴地区文化艺术节"。在民间每到这个节日，随口说出的是"康巴艺术节"。随着康巴艺术节知名度的提升，国内各族同胞在感受、参与节日的同时，由这一节日连接的几个地区，统称为"康巴"地区。由此"康巴"一词演变成了一个地区的名称。

尕朵觉悟山　贺大明　摄

二、"康"与"康巴"文化

（一）"康"的自然地理

从整个青藏高原而言，藏族地区有三大自然地理区域，即上阿里三围、中卫藏四如、下朵康六岗。在三大自然地理区域中，康区位于下朵康六岗。上部阿里三围，有行政意义上的三围和自然地理方面的三围。在著名藏学家东噶先生的《东噶辞海》中记载：将阿里地区分成三块区域，有普兰、芒域和松嘎为"一围"之称；将于阗、渤律和柏底称为"一围"；将象雄、上下赤德称为"一围"。从自然地貌上讲，雪山围绕的普兰为"一围"，湖泊和森林围绕的芒域为"二围"，石崖围绕的象雄为"三围"。中部卫藏四如，主要是根据松赞干布时划定的四大军事管制区域而来。"卫藏"是指前藏和后藏，"四如"的"如"有翼、部、支等意。在这里有以拉萨为中心分设的四支护卫军区之意。松赞干布时期，将后藏分为"叶如"和"如拉"，将前藏分为"卫如"和"约如"四大区域。赤松德赞执政时期，增设了一个"孙波如"，即称支系"孙波如"，将"康"区大部分地区划归支系管辖。

下部朵康六岗，包括了安多和康区。所谓"六岗"是根据江河流布和山势走向而划分的六大高地。将通天河与澜沧江之间的西北地区称为

174

"色莫岗"；将怒江和澜沧江之间的区域称为"察瓦岗"；澜沧江和长江源之间偏北地区称为"玛康岗"；金沙江和雅砻江之间偏南区域称为"棚波岗"；黄河源以南和雅砻江上游以东为"玛杂岗"；雅砻江中上游以东为"木雅热岗"。在古代藏史中有"四水六岗"的说法。所谓"四水"是指黄河、长江、澜沧江和怒江。上述提及的雅砻江，是长江的一系支流，因而在划分大的自然地理区域时，未列入水系是有科学依据的。

下部朵康六岗，又可划分为"朵堆"和"朵麦"两大自然区域。"朵堆"，实际上是"康"区，"朵麦"指的是黄河流域的藏族，即安多地区。从藏族自然地理区域的划分来看，"康区"处于黄河、长江、澜沧江等三大江河的源头。从有些地方史可推断，在宋朝年间，黄河源头居住着"玉树四族"中的雅拉部落。巍然屹立在黄河源头的雅拉达泽山，是雅拉部落生息繁衍的神圣祖山，是以部落名称命名的神山。新中国建立后，这里划归曲麻莱县麻多乡辖区。所谓"麻多"，有黄河源头之意，从世代居住在黄河源头的部落和乡镇机构来看，毋庸置疑，黄河源头是属于"康"区范围的。

综上所述，康巴地区位于卫藏和安多之间，北有横空出世的昆仑雪山，西有绵延千里的唐古拉山脉，东南有横断山脉。长江、黄河和澜沧江等诸多江河发源于康巴地区。境内雪山耸峙，河流纵横，梅里雪山、贡嘎雪山、各拉丹冬雪峰、玉珠峰、尕朵觉悟山等著名雪山环绕康巴四方。

（二）"康"的人文语境

从元朝时期重新划分青藏高原的三大区划看来，"朵堆"（康）被称为"人的区划"。有些学者认为元朝时期划分的"三大区"是人文区划，也有的认为是经济区划，但是分析"三大区划"的命名，即卫藏为佛法区，朵堆（康）为人的区域，朵麦（安多）为马的区域来看，既有宗教区划，又有人和牲畜的区划，很难框定为某种区划。从康巴藏族的形成过程来看，根据藏族古典史书记载，康巴藏族的主体是青藏高原本土人类形成的。其远祖是猕猴与岩魔女的后裔。藏族最初的祖先在雅砻河谷繁衍生息，出现了四大氏族。随着人口的不断增长，四大氏族逐渐向四处迁徙。向东迁徙的主要氏族有两个，一个是董（藏语音）姓氏族，另一个氏族是米查嘎氏部落。这两大氏族主要生活在长江源区和澜沧江源地区。在《格萨尔》史诗中还能够较清晰地看到藏族四大氏族中嘎氏和折氏部落的首领，是折嘎代求君柏纳。两大氏族生活在长江源两岸，以从事畜牧业为主。董氏部落生息于澜沧江源区，在岭部统治朵康时代，董柏日尼玛坚赞掌管着这里的居民，今囊谦县的国家级文物董氏《甘珠尔》大经文，便是董氏家族世代相传的珍宝，这表明董氏部落生活的中心应该是在澜沧江源流域。

在康巴藏族形成的过程中，汉、蒙古、回、纳西、撒拉等各民族先后迁徙到康区，经商、驻牧、开矿、伐木等，逐渐与康区世居民族融合，出现了多民族杂居的地区。从政治制度上讲，兼有卫藏的政教合一体制、中原王朝的封建制度，以及吐蕃王国灭亡后形成的部落制度；从经济形式而言，康巴地区自古以来，长期处于自给自足的自然经济形态，该区的生产和商品交换，长期在这种格局下运行。自唐朝以来，随着"唐蕃古道"的开通和康区南部"茶马互市"的兴起，推动了康巴地区的经济发展，促进了各民族之间的文化交流。清朝时期，在康巴地区逐渐形成了昌都、康定和结古等三大集市贸易口岸，这是青藏高原较有影响的三大文化重镇；从宗教状态来看，正如"康"字本意所指，处于政治、宗教的边缘地带，天高皇帝远，与卫藏和中原地区相比，具有一种天然的自由和松散气候。据有关资料表明，康区与安多、卫藏不同，区内藏传佛教宁玛派、萨迦派、噶举派、觉囊派、息解派等各教派长期和谐共存，还有上百座苯教寺院仍然保持着古老的传统和教言。自清代以来，随着外来文化的渗入，区内出现了传播伊斯兰教和基督教的现象，并在康区重镇今玉树州结古、迪庆州德钦、甘孜州康定相继建立了清真寺、基督教堂等，由此出现了各宗教、教派兼容并蓄、自由生存的宽容文化生态。

（三）康巴文化的定位

康巴地区介于安多和卫藏两大区域之间，在接受和引进外来文化时，具有天然的从容和自在。他可以不必用狭隘的民族思想排斥外来文化，也不必妄自菲薄地接受异族思想。汉文化从东进入时，首先在安多和卫藏得到了缓冲，康区可以观望、审视；印度文化从南引入时，第一个冲击波被雅砻文明所稀释、减缓，康区处于印藏文化冲撞、整合的"龙卷风"外围，有足够的时间探测"风向""风速"。就如长江、黄河和澜沧江，从源头开始便彰显出一种从容、自在的大江气势，康巴文化从特殊的地理位置上看，首先有一种天然的王者之风，一种海纳百川、滔滔东逝的大江气魄。从山高谷深、河流阻隔的复杂地形而言，造就了区内的生物多样性和文化多元性。这种无与伦比的气度和色彩斑斓的特殊文化组合为一体，便是长江、黄河、澜沧江所造就的江河文明的核心——《格萨尔》史诗文化。

三、康巴文化的特点

提出了"康巴文化"的概念后，就必然要弄清其内涵。搞清内涵的最佳途径不是用概念解释概念，而是从寻找其特点入手，讲清楚"康巴文化"之所以称为"康巴文化"的特殊性。很多学者对此发表了

千年的格萨尔王宝座

不同的见解，粗略地翻阅了一下相关论著，该说的几乎都说得差不多了，按道理"康巴文化"的内里早该浮出水面了。但是，刨根问底，详加分析后，他们提出的诸多特征，还无法树立"康巴文化"的独特旗帜，无法与安多、卫藏的文化和其他民族的文化区别开来。像"勤劳勇敢""正直开朗""宽容大度""信守诺言"等特点，单从康巴人的角度讲，似乎说得八九不离十。但是，眼光放宽一点，用这些词语说说世界上任何一个民族，也大致如此。况且有些词语是藏族古代思想家、政治家对人们的教诲和警示，并不能作为文化特征而提出，有些恰恰缺乏这些特征，所以才提出了这种训诫。有的从文化的深层、中层和表层入手，阐述精神的、制度的和物质的文化特征。但是说到最后，也只能算是做了一番文化的介绍而已，并没有提炼出"康巴文化"的特征。当我们的思想出离那些具体的文化，从整个"康巴文化"的高空鸟瞰那些散落在千山万壑中的概念，就能发现"康巴文化"的这样几个特征。

特征一：在社会模式上，追求"自由性"；

特征二：在人格模式上，崇尚"巴特性"；

特征三：在行为模式上，追求"侠士性"；

特征四：在艺术模式上，崇拜"酒神性"；

特征五：在信仰模式上，保留着多神信仰。

所谓"自由性"是相对于藏族文化中心拉萨而言，当然也与安多相区别。拉萨自公元 7 世纪开始，在长达 1300 多年的历史中，一直处于古印度文明和中原文明在雪域本土文化的土壤中冲撞、融合的核心区域，同时也是千年政教合一制度最浓厚的"深海区"，折射到社会模式上，形成了一系列繁文缛节的"礼仪"。仅从拉萨地区的礼节词语上看，许多概念，就是在以"礼仪之邦"闻名于世的中国的博大精深的汉语言中，也找不到对应的词汇。就连人的眼、耳、鼻、舌、身和受、想、行、识、触都有敬词。由语言上的礼敬概念反映到行为上的礼节，使拉萨人举手投足都在礼仪的坐标中行进。相对于雪域礼仪中心的拉萨，康巴地区在礼仪上显得自由、宽松，甚至有点野蛮。尤其是在江河源区的游牧区，礼节性的词语和举动几乎停留在原始的状态，因而在这些地方，人与人之间的关系十分单纯、率真和透明。

"巴特（"英雄"之意）性"是《格萨尔》史诗中极力赞扬和推崇的一种"人格"。在佛教传入藏族之前，藏族是一个格外尚武的民族。从吐蕃第一代赞普在雅砻江河谷崛起，其势力日渐壮大，逐渐扩张到整个青藏高原的所有部落，建立了强大的吐蕃王国。东与唐朝联姻，南与印度建交，将雪域高原带进了文明、进步的时代。从赞普赤松德赞开始，佛教通过朝廷的扶持和传播，逐渐融入藏族文化，跃身变成了吐蕃的主流思想。从此，吐蕃人推崇的"巴特人格模式"渐渐淡出吐蕃的中心区域，而一种超现实的"觉者"人格模式，却从释迦牟尼的佛光中冉冉升腾，变成了万众膜拜的偶像。

吐蕃自崛起到强盛，在长达千年的历史中，为了战争的需要而宣扬和推崇"英雄"行为和精神。每当一次远征凯旋，会给勇敢的将士奖励虎皮和豹皮，用狐狸皮羞辱那些懦弱、胆小的战士。从此虎豹皮在藏族观念中成为一种英雄的标志，而狐狸皮成了懦弱者的代名词（"狐狸"一词在藏语中有胆小的意思）。元朝时，把藏族划分为"三区划"。其中康巴地区划分为"人区"，是有历史依据的。康巴地区是出产英雄的土地。《格萨尔》史诗中诸多"巴特"的家乡是康区。况且，从藏族服饰中，可以看到英雄出产的土地和膜拜英雄的民众。昌都、玉树、甘孜等康巴地区的男性服饰中，最引人注目的是虎皮和豹皮。从这里可以看到，康巴地区尽管受到佛教思想的洗礼浸润，那视死如归的勇士行为，早已成为历史，但是崇拜"巴特"的观念却仍然残留在民间。在《格萨尔》史诗中，以格萨尔王为代表的众多"英雄"人物身上，可以看到"觉者"与"英雄"组合的影子。"觉者"与"英雄"从外在的行为上看，几乎是矛盾的。"觉者"谨言慎行、清静无为，"英雄"张扬霸气、酒色不拒。但是在格萨尔王身上通过"抑强扶弱"的慈悲之情，将二者达到了完美的统一。但是从整部史诗的内容上考量，"英雄"的成分多于"觉者"，仍然表现了藏族古老的"巴特"人格崇拜。众所周知，康巴地区是藏族史诗文化最昌盛、最深厚的地区，因而这种"巴特"人格崇拜达到了无以复加的境地。

　　推崇"巴特人格模式"，在行动上就表现出"侠士"的行为。"侠"

具有"舍己为人，伸张正义，自我牺牲精神"。司马迁在《史记·游侠列传》中写道："其言必行，其行必果，已诺必诚，不爱其躯，赴士之厄困。""侠义"精神中最突出的特点是"利他性"，因而以"利他"思想为中心的佛教传入藏族地区后，没有反对这种"侠士"行为和思想。在《格萨尔》史诗的众多"巴特"人物身上，表现了拯救天下的侠义精神。当我们稍稍留意史诗中的岭国将领身世时，就不难发现，格萨尔王的心腹三将均是康巴人，而且格萨尔王也可算是康巴人。难怪元朝时把康巴地区划归"人区"（这种划分必定是一位深谙藏族底细的智者所为，虽然没有明确记载，但很有可能来自萨迦班智达的智慧）。

说到艺术模式，最适合用"酒神"精神来诠释的莫过于藏族，尤其是康巴地区的艺术。尼采提出希腊悲剧有"日神"和"酒神"两种精神。日神阿波罗精神高踞奥林匹斯神山上，俯瞰宇宙人生，把它当成一场梦境和意想去赏玩。酒神狄奥尼索斯精神则是酩酊大醉，他在狂歌醉舞中忘记了人生的苦恼，从而感到生命的酣醉和欢悦。借用尼采的模式来说，佛陀超世精神高踞在六道轮回之外，用慈悲的目光俯瞰着芸芸众生，把它看成梦幻泡影，当成为一种虚幻的概念。《格萨尔》史诗和藏族（康区）舞蹈精神，则是酒神的酩酊大醉，他在狂歌醉舞中忘记了人生的苦恼，从而感到生命的酣醉和欢悦。藏传佛教格鲁派的有些大师认为，《格萨尔》史诗是仓巴天神喝醉酒后说出的话。从这里至少能够发现，《格萨尔》史诗是酒神精神的产物，是一种迷醉状态下产生的艺术。当我们观察格萨尔说唱艺人时，就发现他们一旦进入说唱的迷醉状态，便激情飞扬、手舞足蹈、失去常态，甚至有的艺人无法控制自己的情绪，必须借助外力才能停止说唱。这种狂醉的艺术状态，能够忘记人生的苦恼，达到一种审美人生的最高快乐境界。康巴地区的舞蹈，也是一种酒神精神的最佳体现。尤其是玉树的伊舞，完全是一种生命酣醉的发泄。它通过节奏快、旋律欢悦的舞曲指引，渐渐引入一种形神合一，人舞一体的忘我境界，从而获得酩酊大醉中的快乐。

千年回音

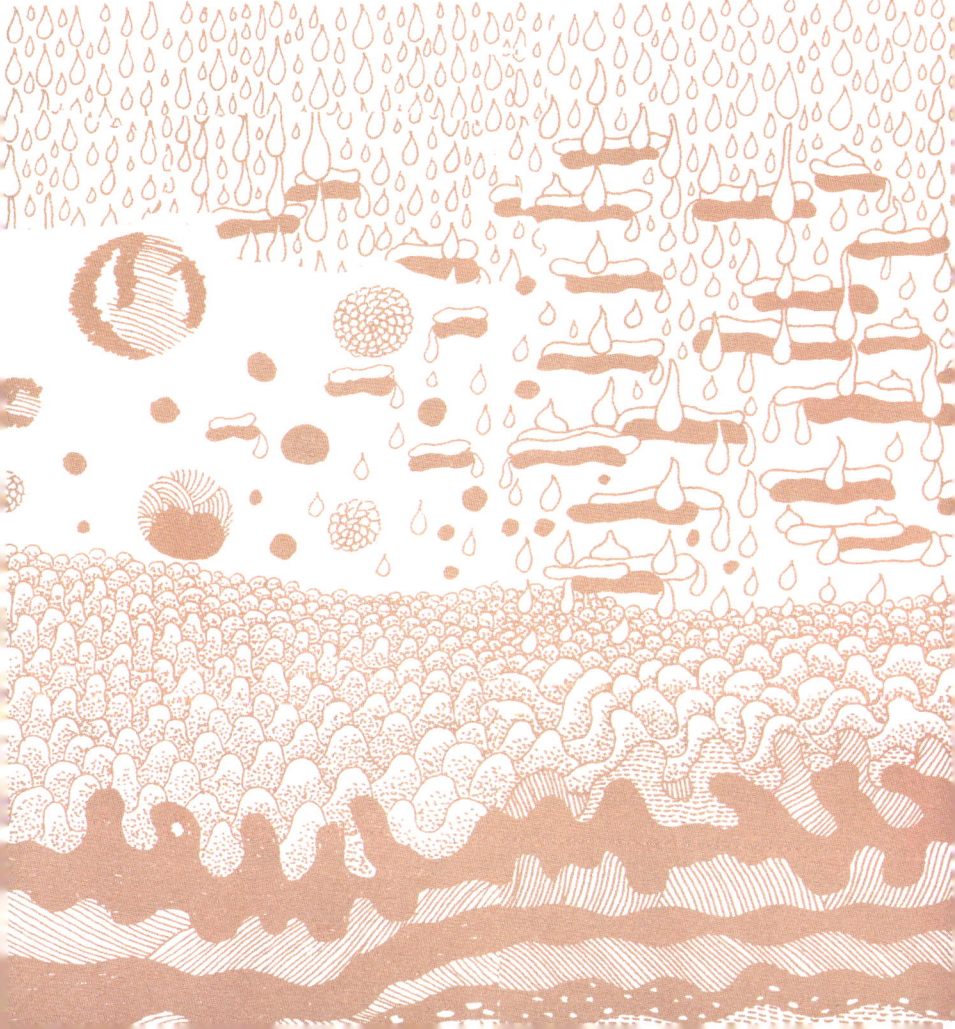

"野牦牛"与"老虎"

一

　　从治多县城沿着聂恰河溯江而上，经过几道险关峡口，在谷壑丛林中藏着一则惊天动地的故事。

　　要拜读这则故事，有两条路可供选择，第一条是从治多县城直接往南穿过一个峡谷，顺着聂恰河往上搜寻。不过中途要穿过老虎与野牦牛临战的阵地，没有一定的胆气会吓出一身冷汗。

　　相传，当年有一只老虎和野牦牛在这儿不期而遇，互不相让，准备决一雌雄。据说二者要是打起架来，这世界就会被弄得天翻地覆。就在那危急关头，嘉洛森姜珠牡急中生智，从两个称雄一方的动物界王者中间引出了洪波滔天的聂恰河，才阻止住了一场生灵的大灾难。其实这是一场非常有趣的对战。兽中之王老虎与大山之王野牦牛相遇在嘉洛草原，就那样静静地对峙了千年，给过往的行人留下一个没有答案的问题：它们到底谁是最后的强者？听听聂恰河的涛声，听听风过草丛的声音，再看看那大河两岸对视千年的架势，胜负已经不是它们的目的，而一种潜藏着危险的平衡美却在深山大谷中亮相给世人。在地球的生命史上，是否曾经有过老虎与野牦牛的战争呢？从现状看，它们的栖息地已经是天南地北，不可能有相遇的机会。但是在远古的时代，或许有过对垒的机会吧？如果二者发生了战斗，那么谁是最后的赢家呢？让一位动物学的专家来回答，也许会是一个难以测度的问题。不过让这里的牧民回答，他们会用一句谚语来作答（他们的谚语张嘴就来，平常说话总是离不了谚语），他们会说：以胆量无法对抗的是洪水、悬崖和野牦牛。这大概就是游牧人语言的特点，不过那些看似平常的俗语，细细品味却不乏真知灼见。有经验的猎人从来不招惹野牦牛，一旦触怒了它，就会被它无休止地追杀下去，将对手置于死地方肯罢休。

过了这道险关继续沿着河流走。四周的山越来越高，河床越来越窄，路越来越细，一条仅仅容下一脚的石峡小径蜿蜒进入深谷，那路的尽头便是故事发生的现场。到了那里，聂恰河会突然消失地无影无踪，深谷里似乎回荡着远古的声音。

另一条路是沿着新修的乡村公路从东边翻山越岭，绕道而行，最后从峡谷的南门直插过来。这条路线尽管有些绕，但是沿途的石峡和深谷以及那神秘的"说人话"的石崖等景观，会带来不可想象的惊奇感。

石崖怎么会说话呢？又是一个神话故事吧？

这就是要如何看待的问题，这事情本身并非"神怪故事"。据当地的一位知情人说：这座石崖从他记事的时候，祖辈们就称其为"摘尼当"——说人话的石崖！这座石崖在一条峡谷的阴坡。北边石崖脚下流淌着一股清澈的山泉，山泉边上有一块平整的草地。我们一行就坐在那块草地上听当地人介绍这块神奇石崖的故事。刚一听这故事，很多人会打断当地人的话，毫不客气地揭穿它的"奥秘"，那怎么会是石崖说话呢？那可是石山的回音。不过其实不用急着发表"科学结论"，几千年来，生活在石山峡谷中的人们，不至于连回音都不知吧！我想也是这样的。虽然这些高耸入云的石山深壑间总是飘荡着神话的云雾，但是听当地人讲，这石崖大概与"神"字挂不上钩，也与崇拜没有什么关系。说的是自然界的一种奇异现象，看他们介绍时的神色，也平常得仿佛在闲聊。

当年，在石崖对面的草地上有人家，每当他们务牧归来，聚在家里聊天时，距离他们30米左右的石崖便也开始聊天了。这边说什么，它那边就给你复述一遍，而且"吐字"非常清晰，声音也没有变调，完全可以与最好的录音机相比。这座石崖在峡谷口约300多米处突然向西北拐了个大弯，从那个牧户驻地看不到这拐弯处。每次有过路客人来时，石崖对面的驻户就能听见客人说话的声音，而且听得十分真切。如果石崖对面有两户人家，那么想说对方的闲话岂不是得压低了嗓音悄悄耳语才行，否则它会如实"泄露"。总之，这是一块神奇的传话石。

它有接收声音的"耳朵"和复述声音的"嘴巴"吗？

我们到达此地时，那座"说人话的石崖"再也不"说话"了！它的嗓子哑了，它的听觉也不灵了。它已经沉默二十多年了。难道它"老"了？或者得了什么"怪病"？为何突然沉默不语呢？答案众说纷纭，扑朔迷离。有的人说，自从 1985 年老天爷降下了一场百年不遇的大雪灾之后，这座石崖便闭口不言了；有的人说，曾有一位外地打工者将一具狗的尸体扔进了面前那条纯净的山泉，玷污了石崖的神圣，因此它的神通消失了。

恰恰相反的是，公路修通后那座石崖听到的声音比以往任何时候还要多，很多谈话的内容它无法听得懂，它无法读解今日草原牧民的心意，因此它选择了沉默。

不论走哪条线路，最终还要走进那个深不可测的大峡谷。从东边绕道进峡谷，是峡谷的正南方，聂恰河从那里流进了峡谷，河面挤成了一条碧蓝的飘带，蜿蜒如蛇爬进了山的深处，流进了未知的洞穴。听声音，前面仿佛遇到了阻碍，咆哮声此起彼伏，浪击石山的轰鸣声地动山摇，那一幕惊心动魄的史诗就要开演了。

二

话说当年格萨尔王降伏了北方魔王，教化了食血成性的狩猎部落，抢回了自己心爱的妃子梅萨邦吉，赶着阿卿羌塘的羊群凯旋。途经这条峡谷时，聂恰河洪波滔天，气势凶猛，横卧在前行的路上。那习惯于北部苍茫平滩的羊群，顿时乱了阵脚，咩叫声此起彼伏，山鸣水应。于是当晚只好在此露宿，并将羊群赶到峡谷阳坡的丛林间过了

飘扬的经幡

一夜。那里有个石山围成一圈的山巅平台，从那个看似平凡的夜晚开始，这里就变成了传说，一代一代传下来，这个地方便有了它的名字——格萨尔王羊圈。据说有缘之人在羊圈中还能找寻到一千年前那个夜晚留下的羊粪。谁要是寻觅到那时的羊粪，仅仅以时间而言也是弥足珍贵的了，更何况还附着神通无敌的格萨尔王的气息，说不定还保留着阿卿羌塘的水土呢！

继续沿着山谷往上爬，也许找不到"千年羊粪蛋"，但是羊圈尽头的石板上留下的岩画，足够让你惊叹几个时辰。

以大自然为画板，用虔诚而纯净的心灵刻绘了如此精致的岩画，可谓稀世至宝。刻画的内容有宗喀巴大师的像，全版阳文绿度母颂词等。画像线条流畅，布局恰当，栩栩如生，俨然出自一位大师之手；颂辞字体匀称，比例适当，凿刻工整，非凡夫之辈所能完成。从内容看，那画像应该是格萨尔王赶走羊群 400 年之后的事，但是文字部分不敢下结论，从其他小的画像上看，二者可能不是一人所为。我在这些岩画下细细搜寻了半天，希望寻找到当年那位高人的蛛丝马迹，其实最后我发现我寻找的不是那位高人的名字，而是在寻找自己心灵中的那个与生俱来的"心结"——那追名逐利，一刻也不得安宁的虚荣。反观能够远离尘嚣，抛开世俗的诱惑，一个人深居大山，一锤一凿地刻下如此精美的艺术大作的人，或许早已忘记了"自己"。名字只是一个代号而已，荣誉在这里已经没有了尘世间的那种诱惑，地位也只是临时的代码，虔诚的心灵与艺术的审美在这里融为一体，刻画的不仅是技艺超群的佳作，而且刻画出了一个民族的精神境界！我倒感谢他没有留下俗不可耐的世俗名字。

三

"格萨尔羊圈"之旅结束了。我们站在 1000 年前格萨尔王曾经站过的聂恰河岸，看着那清纯如玉的河流，听着涛声撞击两岸石崖的声音，仿佛听到当年千羊齐咩的声浪。赶着羊群来到这样的河流面前，遇到的第一个问题就是如何让羊群渡河？当年格萨尔王也遇到了同样的问题。那么他是怎么让羊群渡过了河流呢？眼前这座横跨千年的天然石桥默默地回答着过往行人的疑问。

相传，格萨尔王正为羊群过河而发愁时，他的坐骑用前蹄炸下了对面的石崖，滚落到河床形成了这座神奇的石桥。现在羊儿们可以从"桥"上过去了。我也跟着羊儿们的脚步走了一遭这天下第一座天成的石桥！说来也奇怪，石板上到处是羊的蹄印，仿佛刚从泥浆里赶过了一群羊似的。尤其在石桥的中央有一口桥眼，深约三四米，宽约五米，形似木桶。河水涨时能看到从桥眼飞溅出的浪花，仿佛巨龙腾跃，非常壮观；其声如千鼓齐擂、万马奔腾、惊天动地。桥眼边的石板上不仅有密密麻麻的羊蹄印，还有格萨尔王的脚印，坐骑的马蹄印，白额

牧场

天狗的爪印。这是一本无字的史书，也是一块无字的丰碑。它记录了1000年前的某一天曾经在这里发生的那段往事。苍天作证，大地铺开了一页岩石，让亲历现场的所有生灵都盖了"手印"。

是这里的文化走向了山水，还是这里的山水进入了青藏的文化？从那些密密麻麻、似真如幻的脚印中，我看到的不仅是神话和传奇，那可是一部史诗的入口。从这里可以翻开一部波澜壮阔的《格萨尔》史诗。自然的变迁与文化的走向竟在这里不期而遇，二者达到了形神合一的境界！石"桥"成了一种象征符号，变成了连通自然与文化的纽带，变成了"天人合一"的通道。

这座"桥"叫"山羊（绵羊）桥"，这条峡谷，叫"木桶桥峡谷"。

四

自从"桥"和峡谷一并进入了《格萨尔》史诗之后，有一些高僧大德从这座"桥"上走进了自然，消失在深山峡谷中，不留蛛丝马迹，没有一丝风波传奇，山河依旧，天地如故。

从"桥"面上满是脚印的史诗韵律中抬眼环顾两岸的悬崖，那形状不一的模糊脚印背后渐渐显现出了一行行熟悉的文字，仿佛《格萨尔》艺人脑海中显现的史诗文字一样，如梦如幻，在可读与非可读之间晃荡，在可辨与非可辨之间闪烁。用手去触摸，那真切与虔诚刻下的信仰纹路依稀可辨，脉络可感，耳边响起远年的叮叮当当声，仿佛敲打在心灵的琴键上，拨弄着人生的弦音。

久违了，自然的天籁，我心中的梵贝！

我辨认着崖壁上刻画的文字。有观世音菩萨的"六字真言"，有长寿佛的心咒，莲花生大师的心咒。有的清晰可辨，有的漫漶不可辨认，那些神秘的字符被一层石苔覆盖，在将要模糊的凿痕间静静地拨动着一个古老文化的旋律。

放眼望去，满石崖尽是刻凿的文字，大大小小的、粗细不一，清晰、模糊、似是而非。看到最后时，从地上随意捡起来一块石头，不是"嗡"，就是"啊"。在我的眼前仿佛打开了一部巨大的书，一部刻满信仰与追求的书，一部记载了寂寞与苦练的书，一行融化到自然的脚印。就这样一行行、一页页看过去，目光突然碰到了一行巨大的字符，而且是刚刚刻的，仿佛还能听到小锤敲打凿子的余音。我顺着这字符追寻下去，在峡谷南口阳坡上找到了刻字的主人。峡谷南口很狭窄，从阴坡仿佛能够摸到对面的山崖。阳坡的崖高而陡峭，从山脚往上看时必须摘下帽子，向后仰起头才能见着顶部。岩壁如刀削般光滑，除了风刮过之外，连雄鹰都感觉晕眩。整个悬崖微微前倾，从河谷陡直往上高约二十多米处，不可思议地出现了一块绿草如茵的平台，上面居然还有一间低矮的上房。此情此景最能撩拨出旅人的倦意，心和脚步都向着同一个方向移动。但是我终于没有走近它，我想此景此情只可在精神的天地遥望，却不可碰触那简陋的房屋。

　　这位"鲁滨孙"大约是二十年前漂流到这里的。起初只是在牧户中打些短工，混口饭吃，别无他求。后来他想在"木桶桥峡谷"刻幅大字，这一刻就刻了五年。最后刻出了门道，刻出了"悟性"，把整个人都刻进去了。这里方圆十里没有牧户，尤其到了夏季牧民转场，方圆百里没有人烟。他就在这宁静的港湾里，抛弃了人世的喧嚣。白天刻字、夜里念经，从刻字的情况看，他的书法大有长进，苍劲中藏着圆润。他虽年近花甲，但说话却锋芒毕露，直刺你的心房。话语中没有什么虚假的包装，单刀直入，直截了当。我说："咱们聊聊天。"他毫不犹豫地回答："没什么可聊了。"我说："我想请教一些问题，你能回答我吗？"他反应敏捷，话音未落便答道："不能。你的问题我做不了回答。回答不了你会生气，没有这个必要。"我问："你在这里二十多年了，想必知道一些这里的情况吧？"他却回答："就眼前这些我们平常人看到的一堆乱石峡谷而已。"最后实在没趣，无意间话题转到棕熊上去了。一提到棕熊，他马上精神百倍，他说："我和棕熊是邻居。我住在房里，它住在上面的岩洞。一说动物，我的故事可讲不完。"他说他房子附近曾经来过棕熊母子俩。夜晚他住在屋里，棕熊睡在门外。有一次棕熊可能饿了，就直接进到他的房子里找吃的。它东嗅嗅、西闻闻。把他也嗅了几下，最后就出去了。讲到这里，我提出了一个笨拙的问题："你一年四季一个人在大山里不感到孤独吗？"对于一个佛

精美石刻图

门弟子，尤其像这位已经完全融进了大自然的怀抱，忘记了自我，忘记了自我存在的老人，提出这样的问题，我立即感到自己的愚顽。但是话既已出口，就索性等他的回答吧！他说："孤独需要闲暇的时间！我现在除了时间以外什么都有。每天早上起来，我首先感谢佛祖又让我多活了一天！我现在在刻《忏悔经》。我只希望死亡来临之前刻完最后一个字。"他看了一下天空，远处隐约有雷声，几粒冰雹打在我们的身上，他既像是回答又像是在自言自语："最近我手上起了个脓包，没法刻字，加上今天是沐浴节，所以下到河边想洗洗秽物，时间耽误太久。我没有时间了，该去刻字了。"说着一溜烟儿似的走了。

我望着他渐渐远去的背影，望着那轻松自如的步履和义无反顾的姿态，我醒悟到他早已放下了人世间的一切包袱。他往前迈出的每一步都和我之间的距离越来越远，最后从我的视线中消失了。眼前那些曾经被无名大师们点拨过的石山，那些沉寂千年的脚印和模糊的文字，也仿佛要离我而去。冰雹开始噼里啪啦地下起来，这是大自然的逐客令吗？

珠牡走过的地方

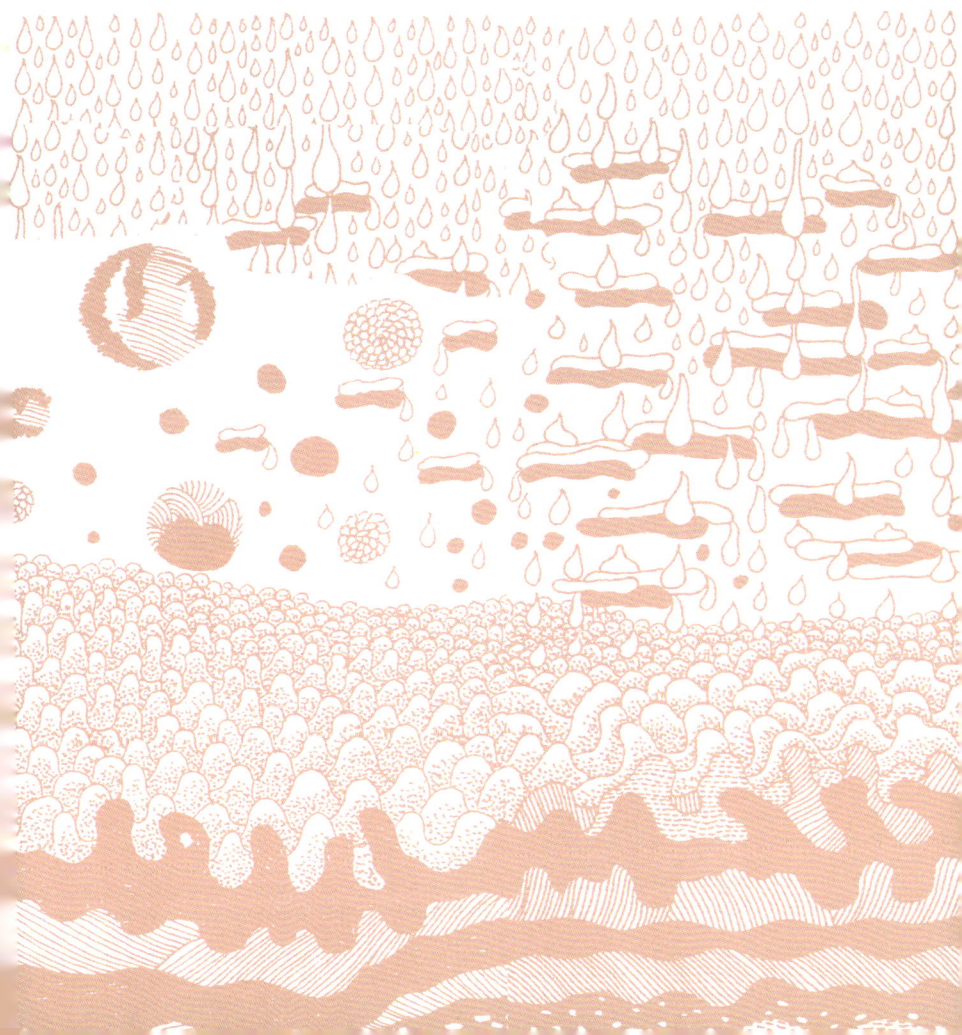

珠牡雕像

珠牡出生于长江源嘉洛草原的"十全福地",她是嘉洛氏族的一位传奇女子,《格萨尔》史诗中的女主人公。她的歌喉和舞姿也同样出色,给后人留下了许多美妙的词曲和舞蹈。父亲名叫嘉洛·丹巴坚赞,是《格萨尔》史诗中著名的富贵三人之一,拥有"嘉洛七宝"等财富。母亲是来自水族世界的出水芙蓉,芳名龙女玛雅泽丹。她的哥哥叫嘉洛·吉布珠嘉,是岭国的英俊三男之一;弟弟是战胜治格武器国王的克星、嘉洛公子南琼玉达,据说他是玉树·阿加宫保王的爷爷。

一

嘉洛·森姜珠牡是一位倾国倾城的绝色女子,举手投足,一颦一笑间玩转世间乾坤,拥有无法掩藏的来自天国的仙姿舞步。

"珠牡"是藏族绝色女子的最高荣誉称号,是千年独秀的美丽词汇。她的出生震惊了世间万物,颠倒了四时节气。相传她出生在公元1000年前的藏历木羊新年初三,整个大地还是万里冰封、雪花飘舞的时节。当这位女子降生人间时,那千年雪山之巅舞动了稀世罕见的雪狮,沉默已久的雷声响彻云霄,带着花香的雨点浸润着大地,一条缤纷的彩虹跨过冰封的聂恰河,美丽的姜钻花静静地舒张开它的花瓣,一只翱翔于万里高天的雄鹰轻轻降落在帐篷的天窗前,布谷鸟放开歌喉唱起了吉祥的颂词,迎接细雨润润的春色,花枝招展的蝴蝶争先恐后地要飞落于这朵人间奇葩。仙乐声声，奇香满屋。

她一生下来便受到世间的立体式欢迎。父母为了纪念这个轰轰烈烈的隆重而传奇的诞生仪式，就为她取名"森姜珠牡"。"森"是舞动绿鬃的狮子，"姜"是美丽绝伦的姜钻花，"珠"是威震天下的青龙，"牡"是阴柔至美的女性。这名字藏龙卧虎，大有乾坤。她一出场就已经注定了无法平凡的人生，一部壮阔而伟大的史诗早已铺展在她的前方，从生命诞生的那一刻开始，百灵鸟般的妙音就响彻《格萨尔》史诗的天空。

二

嘉洛草原曾经是一种美的象征，这里到处传扬着珠牡的故事。那些看起来十分平凡的山水间，却留下了珠牡梳洗打扮的身影，留下了珠牡勤劳务牧的足迹，留下了她的仙姿舞步，那妙若仙乐的歌声仿佛至今还回荡在大山深壑间。

现今，治多县政府的驻地曾是《格萨尔》史诗启幕演绎的重要场地之一。它曾经承载过一位千古传扬的美人。这里的山水记住了那迷人的倩影，那款款而行的步履曾经醉倒过这里的草原。

她的一生简直就是不可触碰的艺术绝版。造化在她的身上花了如此巨大的心思，世间所有关于"美丽"的词汇都挤到一块也无法表现

010 年 9 月，为珠牡雕像开光

她的神韵。史诗中讲道，想要欣赏珠牡的背影，需要一百只羊的代价；想让珠牡的美丽面对你的眼睛，首先要赶过来一百头牦牛；而要欣赏她的仙姿舞步，就要牵过来百匹骏马的"价值"。

如此的美丽，会在人间吗？我们越试图接近珠牡的美丽时，她就越显美丽缥缈。这正如杭州的西湖，总是静静地横卧在审美的地平线上，千古游人只配在岸边漫步，无法走进它的美丽。

倒是这里的山水留下了珠牡的一些人间性和可触摸的现实性。

有一眼温泉深藏在山谷里，陶醉了千年，从未感觉到孤独的滋味——因为它曾经触摸过珠牡的柔发，曾经被珠牡捧掬在掌心，每一滴水珠都深深地记住了那不平凡的时刻。当地人称那池温泉为"珠牡洗发池"，世代受到重视。这眼温泉在离治多县城西约5公里处，来往的过客总是无法逃开它的诱惑。每次走进那条山谷，都有一些无法言说的收获。

到"珠牡洗发池"后，眼界忽然开阔起来，尤其是夏季去那里，你会深刻领悟到"踏遍青山人未老，风景这边独好"的意蕴。水池三面环山，谷口朝南。整个水池兀立在山谷的东坡。水池突起的周围是一圈如茵的绿草地，各种不知名的花释放出芳香，那"洗发池"被捧在绿色的草坪中央，静静地注视着风云变幻的天空。水池的正西方向摆放了许多石刻经文，除了敬献水生世界的经文外，大都是圆轮式的"六字真言"石刻版。有年代久远，不可辨认的，也有新刻的。这些石刻版排放在这里，仿佛向我们默默地昭示着曾经发生过的历史。

　　小时候母亲曾告诉我，谁要是能一口气绕水池跑十三圈，谁就能够在水池寻得当年珠牡留下的宝物。因为珠牡发辫上戴了许多珍珠宝石，这一汪泉水一直将宝物保存下来，它会送给那些有缘的人。尽管水池只有十几平方米，可不论怎么努力，用一口气跑完十三圈也是一道无法完成的难题。但是毕竟有一线希望，因而不会轻易放弃，更不会带着"先见之明"嗤笑祖辈的愚蠢。生活在这片土地上的人，从某种意义上讲，他们大都活在希望之中，活在明天。

　　"珠牡洗发池"的水质柔滑，晶莹无污，用它洗脸，脸上顿生光泽，皮肤也感觉嫩滑了许多。据说还能洗去疖子等皮肤病。

　　水池叫"珠牡洗发池"，池中的水叫"金湖"，离湖2公里许的东南边有一泓水湖叫"银湖"。

三

　　"银湖"是嘉洛十全福地之一，也是嘉洛家族发家致富的发祥地。《格萨尔》史诗中描述嘉洛草原的"十大景观"时，赞美此湖为"银湖浪涛"，是这片草原上颇为壮丽的景观。相传"银湖"直通龙宫，莲花生大师曾经通过此湖向人间引来了价值连城的"嘉洛七宝"。嘉洛的祖先也曾经在湖边捡到了一对洁白如玉的羊羔。他们细心看护，倍加珍视。后来就成了闻名雪域的富豪。从此那对洁白的羊羔走向了神坛，象征着蕴含财富的载体。每当要举行招财引宝的佛法仪式时，必须用酥油捏出一对白色的羊羔，准备一只绵羊的右前腿。在游牧文化覆盖的青藏地区，绵羊是财富的象征，人称绵羊为"洁白的福神"。因而那对洁白的羊羔不仅从"银湖"走向了青藏财富的神坛，而且走向了雪域人家的"聚宝箱"，走向了游牧人的财富理念。我站在岸边，望着将要干涸的"银湖"，遥想当年珠牡看到过的浪涛，遥想着当年那两只走进神坛的羊羔。我仿佛站在时间的河岸，历史如过眼云烟。过去那么遥远，遥远得无法看到那"银湖"的浪涛，遥远得整片土地都进入了神话，让一双双半信半疑的目光注视着融化成自然的历史。

"银湖"是嘉洛草原的眼睛，它看到过富甲天下的嘉洛家族，记得那传遍雪域高原的"赛马称王"。它的每滴水珠都触摸过珠牡的肌肤。"银湖"北岸那块平台上有一个盆地，形状如圆盆，质地是温泉造就的岩石，深约1米，直径2米左右，水温约30℃，相传是珠牡浸润过肌肤的浴池。20世纪90年代末，此浴池几近干涸，只在盆地底部看到偶尔冒出的气泡。2000年7月，秋吉仁波切曾亲临浴池边，用手指蘸了几滴水舔了一下，说此水非同一般，嘱咐随从弟子们倍加爱护，于是此处就成了贡萨寺院保护的圣迹之一。

也许是自然的巧合吧！那年的冬天，"珠牡浴池"居然溢出了水，三九严寒，水中绽放开金黄色的花朵，长出了其他不知名的水藻。从那年开始，浴池中每年都按时开放出黄色花朵。

原本飘荡在现实与史诗之间的浴池，经历了"严冬开花"的自然奇迹，"珠牡浴池"的上空增添了一份神秘的色彩，恍惚于自然与人文之间，中间没有什么阻碍，可以随脚步出入自然与文化之间。

四

从嘉洛驻牧地往北走过治渠乡江庆河，越过一座山又一座山，沿着通天河向西走，到了一条山谷间，当地人称此山谷为"珠牡谷"。一问便知道这里就是当年珠牡曾经涉足的又一美丽传说。山谷坐西向东，北边的通天河仿佛就是那流过岁月的时间之河，向着东方不可知的领域流去，在它的岸边唯一搁浅的历史就是珠牡曾经踏足的这条山谷。

这里有三块树立的长条石片，世称"珠牡石碑"。相传珠牡曾经在这里纺线编织。那三块高约一米的石条可以为此作证。三块条状石片是纺线用的桩子，自从珠牡让它立起来之后，就那样孤独地站立了千年，满身浸透着历史的沉默和沧桑。越过这些被山水深深记住的历史，珠牡的形象在原有的美貌上，仿佛增添了真实的血肉。一个勤俭持家，心灵手巧的藏家少女飘然来到你的眼前。美丽与勤劳一旦聚合到一起，就是雪域女性的经典形象。至于善良，那几乎是雪域女性的本性，她们的血脉连着观世音的慈悲，她们发出的第一个声音里就隐

珠牡的祖山

含着"六字真言"的元音。

"珠牡谷"的三块石碑在不经意间树立于此，本无流芳百世的妄想，却屹立千年不倒，虽然没有人工雕刻的碑文，但是她的后代却永远读着那段无字的碑文。那文笔挥洒自如，龙飞凤舞。一会儿如大江东去，一会儿又仿佛狂风骤雨，最后收笔处却和风细雨，鸟语花香。睁大眼睛细究时，这原来是珠牡当年踏出的舞步。在青草地上，唯独那珠牡踏过的地方居然以不同的草色勾勒出优美的线条来，视线随着踏过的线路移动，一会儿看到一条龙，一会儿拐出一条河，一会儿勾出一个圆、一朵祥云、一幅太极图、一只翩跹的蝴蝶……来自天界的仙姿舞步，在这片美丽的草地上踏出了如此迷人的线条，那舞醉草原的长袖仿佛就在眼前飘扬，闪转腾挪的轻巧舞步，在拨动心灵的琴弦。

城堡之邦

从沼泽地爬出的当曲河

治（布）曲接纳了从南边缓缓注入的当曲河，与不远处的沱沱河交汇之后折向东下行，河床逐渐变窄，两岸的山势开始向河流挪近。莫曲河注入通天河之后，一道白色的岩峰就横卧在前行的路上，从南边直接伸展到河边，仿佛要改变通天河的命运。好一个"南水北调"的架势，这就是素有"城堡之邦"的万里长江第一峡——烟瘴挂大峡谷。

无论从哪个角度走进这座"城堡"，都必须抛开尘世的喧嚣，拒绝现代化的工具，以最原始的状态进入它的怀抱。从远处看，那高耸入天的石崖层峦叠嶂，绵延横亘，群峰耸峙，浩荡万里，洪波滔天。那一座座拔地而起的石峰，仿佛是难以攻破的城堡，形态不一，各有其主。当地人索性就不带任何自然的成分，直接称烟瘴挂峡谷为"十八大城堡之邦"。狮子天堡、雄鹰剿堡、老虎穴堡、乌鸦黝堡等，这里是"城堡"的世界。它远离城市，离群索居，深藏在大江的源头，历史的角落，然而那云遮雾绕的谷壑间弥漫着远古的神秘，飘荡着旷野的气息。

从莫曲村校出发向北走进烟瘴挂峡谷，翻越第一座山峰，便能远远望见从天边铺天盖地而来的网状的通天河，沿着北部层层沉积的沙丘蜿蜒向前爬行。烟瘴挂峡谷无意间从这里向北伸出一条腿，挡出了万里长江第一个峡口。

我们翻过烟瘴挂峡谷的第一道屏障，举目回顾时，就感觉到那深入肌肤的宁静伴着青草的芳香和百灵鸟的歌声扑面而来。越过那座山岗后，开始进入一条山谷，山谷的东北面已经是巍然屹立于江源的烟瘴挂山崖。顺着山脉继续前行，石山间的草场上开始有一群一群的岩羊，不远处能听到旱獭欢快的叫声。身后的世界离我们越来越远，仿佛人间的烟火都被抛诸脑后，步履从沉重变成轻捷，千丝万缕的思绪开始递减。前面又有一座山，翻过这座山便到了深山峡谷中。四周静悄悄的，一条清澈的山泉从石峡的东南面迤逦而来，穿过石峰林立的深谷消失在更深的一条峡谷中。

　　两岸是壁立千仞的石崖，脚下是叮咚作响的泉水，头顶只见一条"蓝带"。我们向一条宽约100米的峡谷中钻进去，正是"山重水复疑无路"。所有的脚步都在疑惑间向前挪动，心中猜疑可能是一条死路，但是流动的山泉告诉我们，石峡仍在向前延伸，路还可以继续走下去。仰望天空，那一条蓝色的飘带上偶尔掠过去几朵步履匆匆的云，又划过来一只鹰，太阳在正午时分只露了一次脸，便坠入了万丈深渊。从地面陡直竖立的石崖上闪过一道黑色的闪电，径直冲向石山间的草坪，立即又弹回空中。正在纳闷时，与我们同行的一位老乡高声喊叫起来，立即山鸣谷应，仿佛为他呐喊助威。回音正在两岸间此起彼应时，从空中落下一物，沉沉地带着呼呼的风声摔打在地上，我们立即前去察看。一只刚满一岁的小旱獭鼻中淌着鲜血，早已一命呜呼了。从我们眼前闪过的那道黑色闪电，就是万禽之王——金雕。它是食肉禽类，是被藏族人尊为"勇猛之王"的战神。

我们继续向深谷走去。峡谷东坡的一块草地上刚刚掀开了一平方米左右的草坡。这是一个旱獭洞，是棕熊刨挖的；稍稍往上的山崖边有一片带血的岩羊皮，看来昨夜雪豹从这里经过，这是它留下的战利品。视线继续向上移动时，石山顶有几只岩羊俯瞰着我们。向后弯曲的双角仿佛向我们暗示着它是这千山万壑的主人。岩羊行走悬崖如履平地，自古以来几乎看不到岩羊坠崖而亡的现象。它是攀崖高手、石山之主。

从进入峡谷开始，我们渐渐感觉到走进了与众不同的世界。这里，时间倒退100年，是"玉树四族"中雅拉族的领地。雅拉族兼营畜牧与狩猎，居住在这些深山之中，过着与世隔绝的生活。他们融入四周的山峰，与动物为友，以洞穴为家，形成了与自然相处的一系列生态道德规范。

尽管他们的生活条件非常艰苦，他们远离大多数人认为的"人类文明"，但是从自然与人的关系的角度而言，他们的文化中有一些很令现代文明"脸红"的成分。据一位雅拉族的老人回顾，他们中有部分人依靠野生动物生存。在长期的狩猎生涯中形成了许多约定俗成的规定。他说猎杀岩羊时，如果将一张刚剥下的牛皮晒在悬崖陡峭处，然后在上面撒许多盐，岩羊就会聚集到这里抢食盐巴，继而发生激烈争斗，战败的坠崖而亡，不用多少时间，悬崖上就掀起血雨腥风，悬崖下尸横遍野。他说这种做法是魔鬼的行为，千万不可以仿效。这是我们游牧人的狩猎大忌。还有猎杀藏野驴千万不可以动用"刺球"——藏野驴一般喜欢顺着一条既定的路线列队而行。所以有些猎人将一个插满铁刺的冻牛粪球拴着一根套绳掩埋在必经路口，一旦套住野驴，野驴便惊慌失措地拖着那"刺球"拼命奔跑于它所在的驴群之中，它的同伴会随之被那"刺球"打得七零八落，死伤惨重。那场面血迹斑斑，惨不忍睹。直到那匹被套住的野驴累倒为止。还有猎取野牦牛不能利用"诱引石子路"等。其实真正的猎人是非常理智的，绝不会滥杀无辜，搞得血流成河。甚至在将要扣动扳机时，如果猎人发现这是怀有身孕的动物，那么他就会放弃目标。真正的猎人非常清楚在自己所属的领地中有多少动物可供他猎食，也清楚滥杀无度会惹怒山神。其实，从某种角度上讲，狩猎部落也是草原食物链上的一个环节。只是这一环节的生存方式带有"文化"的色彩而已。

进入烟瘴挂的深山峡谷，最适合谈论远古，思考哲学。一位来自上海的朋友曾说：在城市，快节奏的生活占满了思维的空间，常常出现大脑内存不够的情况。宗教、哲学只能到旷野去寻找，一切尘世的烦恼好像卸在了山的那一边。来到这里，仿佛挣脱了生活的藩篱，可以召唤久远岁月的童心，赤裸裸地面对自然，面对自己。这里到处是岩洞，你抬脚便可以跨进一个洞穴家族，感受远古猕猴的生活。其实

天然双象石山

人类走出洞穴已是遥远的年代，但是眷恋洞穴的情怀仍在潜意识中蠢蠢欲动。其实建筑再带有艺术的美学价值，从功能角度讲仍然不过是洞穴的延续。所谓的"家"，追根溯源，依旧离不了那个遮风避雨的"穴"。藏传佛教的悟道大师们，他们的目光注视的不是荣耀，不是地位，而是充满幻想与神秘的洞穴。亡命天涯的人，他们的目光注视的是能够遮盖恐惧的洞穴，甚至被猎人追杀的动物，洞穴也是它最后的避风港。况且，几乎所有民族的传说中都有关于"洞穴探宝"的故事。

烟瘴挂不仅是一个神秘的"城堡之邦"，而且是一个洞穴之都。

历史的港湾

——楚玛尔河七渡口

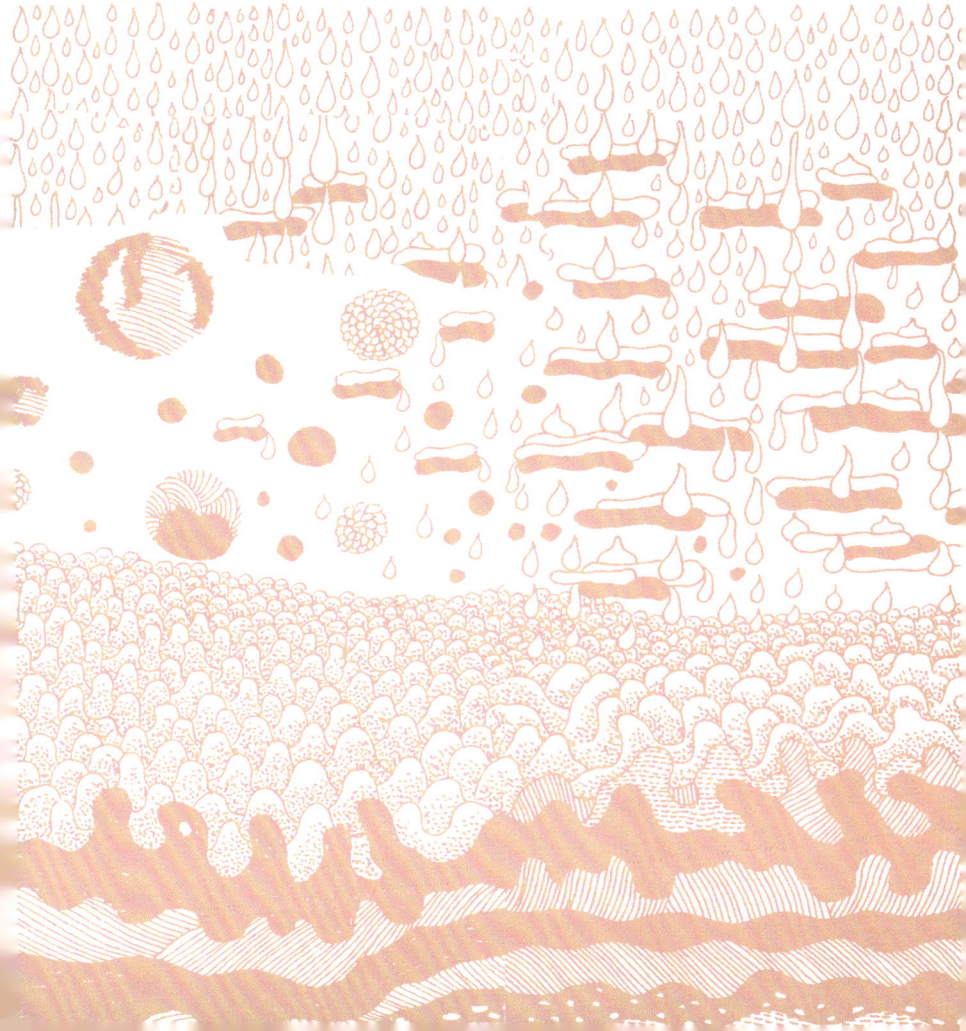

从游牧民族的视角看，历史仿佛永远是流动的、变化的大河，没有一点靠岸休憩的机会，只是向着不可知的未来流动。这是它唯一终极的活动方向。从人类诞生的那一刻开始启程，流动了300多万年的历程，仍然还在继续流动着，从不停息，只是越到后面越显得沉重而且浑浊。尽管人类美其名曰"文明"，但历史之河挟带的泥沙在成倍增长，它的前方会是海纳百川的历史之海吗？

长江源七渡口河道

一

我曾在江源与历史的河岸边苦苦搜寻，寻觅那些寂寞的港湾、停靠的码头。然而游牧人的历史像一阵风、似一道划过天空的流星。只是在公元 1000 年左右的时候，整个高原向历史亮出了一处供史诗停泊的码头。格萨尔王在岸上演绎了一场世界之最，然后历史又流进了它封闭的河道，然而公元 7 世纪中叶，从唐朝长安城向青藏高原伸出了一条连接民族友谊的古道。这条古道既是走向和平的大道，又是串联历史的线索。在它的沿途除了文成公主庙之外，也应该留下些可供后人触摸的故事吧？

二

　　唐蕃古道进入玉树境内，分三条线路通往拉萨，即南线、中线和
北线。其中，后面两线穿过治多县境域。中线称卫藏道，是古代康巴
通往拉萨的重要交通线，也是众多佛教信徒磕头前进的朝圣之路。这
是一条根深蒂固的信仰之路。至今在索加君曲草原上看到那一条条充
满信仰之力的古便道时，我们能够感受到信仰的深度。北线穿越昆仑

通天大江　洛桑当求　摄

山口往西南延伸，古称"蒙古道"，亦称"蒙古商道"。其实当年文成公主入藏，我一直觉得应该取道北线进藏。至于为何拐进结古，又为何修了一座庙，确实值得深思。从当时的唐蕃古道而言，拐进结古、修建庙宇，大概是长途跋涉中的一次特殊停泊。从岩画的构图和布局上几乎看不到行旅匆忙的状态，而且庙宇的名称并不是"文成公主庙"，而是"摩诃毗卢遮那佛（大日如来）庙"。可以推想，当时文成公主进藏时，沿途的人们都想跟她沾点关系，套个近乎。只是这种现

象流传至后世，有的不过传说而已，有的却留下了一些似是而非的痕迹。格尔木市西出约 20 公里处的"纳赤台"，据说是当年随文成公主请入拉萨的佛祖十二岁等身像曾经供奉过的地方。曲麻莱县境内的江荣寺，因是在佛祖十二岁等身像放置过一夜的地方建起的寺院，而得名"觉旦寺"。这些历经岁月冲刷的传说谁能辨析真伪呢？五世达赖喇嘛的《西藏王臣记》中有一段关于文成公主入藏的怪异的描述，从佛教的视角看，她是绿度母的化身，显示了无上的神通。然而从史学的角度而言，五世达赖喇嘛的笔下藏有一部正统史学避而不谈的"入藏外传"。书中记载："公主一行在居住于拉萨各方的人们看来，由于幻变而出现了从不同方向入藏的现象，但实际上是从北边进入拉萨的……"公主进入拉萨时出现了从不同方向入城的现象，且沿途的人们也同样有此感觉。我想当时至少有三支公主进藏队伍从三条路线同赴拉萨，因而在不知内情的人看来，三条进藏线上都有公主。不管怎么样，唐蕃古道从此连接了汉藏，与历史平行而来。三条进藏线路都绕不开通天河，必须跨越这条天堑。古时，800 多公里的通天河流域没有一座桥，因而渡口便是千条路线汇集的枢纽。位于楚玛尔河入注通天河的交汇点，便是唐蕃古道上的一条必经渡口，因而也是文人史官笔下出现频率较高的名词。历史仿佛在这渡口做了短暂的停留，放眼望了望那苍茫辽阔的江源大地。

三

通天河从源头缓缓爬行到七渡口，已经显露出了大江东去的气势。大河两岸的山峰仿佛将要迎接一位独霸世界的帝王，毕恭毕敬地退避到天的尽头，恭候那位王者的驾临。西望源头，那铺天盖地而来的网状河道，从灰蒙蒙的天地间蔓延而来，仿佛要淹没整个大地。天和地在这里居然贴得这么紧密，天空中弥漫着占道烟尘，天涯行旅的孤独与乡愁也仿佛要从渡口乘皮筏而过，千古旅人的脚步曾经在这里徘徊，那似真似幻的历史曾经从这里一一闪过。古道西望，看到的总是夕阳下带着离愁的背影。一个王朝渐渐走进那暮色苍茫的天地间，那一幕幕长长的行旅是链接历史的血脉。

四

松赞干布的铁骑曾从这里走出千里雪山，开通了一条千里古道。华夏文明曾从这里跟随文成公主入藏。它一头挑起大唐盛世的文明，一头连接着吐蕃王国的强盛。《西宁府新志》卷二十一《自西宁至藏路程》中记载："柯柯赛渡口（七渡口），有草无柴，由受番子伴牧。自此赴藏有三路，惟柯柯赛有渡河皮船。上为七叉河，再上为摆图。水不发时，驼马可涉，然官兵入藏，皆由柯柯赛，故纪此一路。"柯柯赛，是蒙语音译，是指通天河北源楚玛尔河注入通天河的交汇点。藏语称"香楚玛尔饶敦"，即北部楚玛尔七渡口。《五世达赖自传》记载了晋进路途中经过楚玛尔七渡口的情况。从唐古拉山口往东过布曲河与当曲河交汇的渡口，到了切果扎西泉的尕哇拉则山脚，遇见了玉树族以白利多达玉加和求仲兄妹为首的迎驾队伍。藏历六月二日来到牙涌草原（今治多县境内牙曲牧委会所在地）。从康区来的众多僧俗带了许多牛皮准备制作渡河的皮筏。五世达赖的三位代表派绰普哇和查孟巴两位喇嘛到渡口制作皮筏。内哨昂周和卧巴也到七渡口亲自指挥。当时有些宫廷钦差在离七渡口半日路程处找到了过河的渡口。由于那次河水小，因此没有从七渡口过河，但是从字里行间我们能够感觉到，七渡口是一条进京途上的必经之路。在《四世班禅传》中称七渡口为"曲玛喀"，即楚玛尔七渡口。所谓"喀"，有码头和渡口之意。楚玛尔七渡口曾经一度承接过往来于汉藏之间的许多官商。所谓"由受番子住牧"，其实指的是玉树四族（"尤系""由受"和"玉树"为同一地区名称的不同写法）。其中宗举族曾经是守护玉树北大门的英雄。

清朝期间，玉树四族中的宗举族承接了海南土司的支差，把守清朝入藏管道的咽喉要道——七渡口。他们的任务是保航和摆渡。宗举族在守护渡口的年月里经受了血雨腥风的洗礼。他们在与古道上的路匪盗贼的争战中几乎失去了所有能够抗击外敌的男人。这一片土地一度成了盗匪横行的天地。那默守渡口的千年石经墙，每块石板上刻的

ㄑ江源七渡口祭河

不仅是经文，更是一颗颗生命陨落的痕迹。

长年累月饱受古道风雨磨砺的宗举族人，终于从生死线上站了起来，面对东进西出的商旅变得从容、自然。这一份从容与自信源自他们英勇的祖先，源自南来北往的商旅，源自古道上苍莽而阔大的历史景深。直哇俄纳是曾经守护七渡口的英雄人物之一（约生活在 13 世纪，据说是玉树垦布纳切的长子）。他娶了一位后藏地区的女人为妻，从玉树家族分离出来，另立门户，形成了宗举族人。"宗举"有后藏之后裔的意思。他是宗举族人的第一代首领。本姓"玉树"，但是由于玉树族封给直哇俄纳的草场恰处在唐蕃古道的必经之路，楚玛尔七渡口的周围，古道上除了正当的商贩、官差和虔诚的朝圣者外，也不乏行窃抢劫的盗贼，长年累月骚扰渡口附近的宗举族民，致使他们难以安居乐业。直哇俄纳担任宗举族首领时，又正好要管理渡口差役。当时他面对的是古道上最不平静的年代。因此，他的一生是在刀光剑影的乱世中度过的，然而他治理渡口相当出色。仅凭他出神入化的舞刀功夫，就足以使古道上的来往行旅百依百顺。久而久之，南来北往的官商行旅只知道七渡口上有一位英勇善战的刀侠，却并不清楚他原本姓玉树，遂不约而同地尊称他为"直哇"，即刀侠。

如今，渡口摆渡的职业早已消失在沉寂的古道烟尘中，而由此衍生的宗举族的后裔却依旧在江源大地延续着他们的故事。

寻找可可西里

镶嵌在青藏高原腹地的治多县，地处玉树藏族自治州西部，世称嘉洛草原。莽莽昆仑从这里跨越了青藏高原，唐古拉山脉在这里横亘苍茫西部，万里长江从这里倾泻到了东海，神秘的可可西里从这里名震世界，中国绿色文明最悲壮的一幕从这里开演，藏族千年生态文明的点睛之笔就落在太阳湖旁宁静的港湾。

　　昆仑雪山，是青藏高原最北端的一道自然屏障。这是一道难以跨越的生死界线。山的南面是苍茫无际的"阿卿羌塘"。沿着青藏线越过昆仑山口，穿行于"生命禁区"，向北遥望那天地之间缓缓伸展的银龙，似乎就是一种难以言传的境界！

　　西出昆仑山口，向西南方向伸展的青藏线，曾经是连接唐蕃友谊的古道，它一头连接大唐的文明，一头连着吐蕃的强盛。从这条穿越"生命禁区"的古道遥望苍茫无际的北部大地，那天地之间缓缓舒展的画卷便是横跨青海、西藏和新疆三省区的羌塘高原，古有"阿卿羌塘"之称，是雪域高原三大平原之一。当脚步迈向那灰蒙蒙的无际旷野时，心中总会荡起一股苍凉而悲壮的浪花。传说这里曾是北方巨魔横行的天地，是格萨尔王女将阿达拉姆驰骋的疆土。庞大的狩猎部落曾被格萨尔王征服教化，太阳湖旁立起的那块小小石碑为可可西里带来了空前的祥和，卓纳敦泽雪峰（布喀达坂）耸立千年，仿佛是为那场感天动地的壮举的敬礼！

一、寻找可可西里

可可西里，这名词像是西天佛国里的一位罗汉的法号，遥远而神圣。这个名词陌生而熟悉，说它熟悉，每个中国人似乎都听过它的名字；说它陌生，张开嘴却无法描述它，神秘、陌生得如同极乐世界般。

可可西里到底在哪里？它是一部什么样的史诗？又是一张怎样的轮回画卷呢？

我们沿着时间之河逆流而行，寻觅青藏千年地理文化的源头。那里有《创世之歌》，有《说不完的故事》，也有正统史书《柱下遗教》，世界顶级史诗《格萨尔》，四世赞普丹增赤列的《世界广说》，但是都没有提到"可可西里"。翻看周希武的《玉树调查记》，玉树二十五族的地图上，找不到"可可西里"。再探问"玉树四族"中世居长江源区的雅拉族人和宗举族人，在他们祖辈留下的故事里，有的只是关于发生在阿卿羌塘的狩猎人的故事。那里的每一座山，每一条河，每一泓湖泊，都深深地打上了祖辈们酸甜苦辣的生活印记，是一部散落在苍茫山水间的《说不完的故事》。

顺着时间搜寻，直至20世纪60年代，在整个青藏地理文化的舞台上，仍然看不到"可可西里"出场。全国第一次地名普查时，据说位于昆仑雪山南面的如今被称作"可可西里"的这片土地，居然是空白，没有留下只言片语的资料。直到 20 世纪 80 年代中期的一些行政地图上才看到这个神秘而陌生的地名。那时，国人的目光不会在"可可西里"四个字上停留半秒，甚至治多人都不曾留意，在 8.06 万平方公里的土地上居然还有这么一个地名。

时至 20 世纪 80 年代末，许多淘金者的目光开始聚焦到"可可西里"上，时任索加乡党委书记的杰桑·索南达杰在地图上用红笔将"可可西里"四个字圈起来，并开始探寻索加乡西出通道。在他的心里，早已将索加和可可西里这两块古老的狩猎人的土地链接在了一起。

从太空遥望地球，在这块蓝色的生命球体上，有一块引人瞩目的地理单元，因它的独特而高拔，被世人称为地球"第三极"。1000 年前，吐蕃第三十三代赞普松赞干布曾以政治家的眼光和诗人的情怀发出"雪域高原，圣洁高拔，乃众水之源"的感慨。在昆仑山脉与唐古拉山脉之间，在"第三极"的最高平台，有一片神秘的土地——传说那里是野生动物的家园，是一处人迹罕至的净土。

我们从素有"万里长江第一县"美誉的治多出发，沿着通天河向西进发，走过被列入三江源国家公园的两个西部大乡——扎河乡和索加乡。眼前略过嘉洛草原，跨过有"十全福地"美誉的聂恰河流域，翻越查蚌拉山口，放眼望去，每一条小溪都神秘地向西、向北流去。尽管海拔越走越高，但是眼前的山峰却越走越低。所有的山脉都似乎谦卑地退避到了天边，仿佛在静待一场开天辟地的人间大剧。没有眼花缭乱的舞台灯光，太阳和月亮悬挂在天幕上；没有振聋发聩的音乐，长驱直入的西风却在耳旁呼啸；我们看到了嘉吉山脉的尽头、伺日山峰的背影，淌过查曲河，越过口前河，回首告别通天河，向西望着朝圣者的背影，朝着极乐世界的方向走去；朝着北方，搜寻英雄的足迹，让脚步朝向神秘的香格里拉走去。极目四望，天高云淡，我们在苍茫天地之间寻觅可可西里！在雅拉部落的故事里领悟可可西里！雅拉族人世代流传着这样一句话：玛卿雪山的尽头是雅拉约古，约古的尽头是卡拉涌。再往前进发，其实要跨越"天来之水"，作别各拉丹冬雪峰，走过大江大河的源头，浏览过众多山脉的尽头，便是可可西里！

　　走进可可西里，仍然显得陌生。我不知道该用什么语言与它交流。有人说"可可西里"有"美丽少女"之意，也有人说它的意思是"青色的山梁"。按常理，这片土地上到处是我们祖辈留下的足迹，我们与它交流，不需要翻译；与它交流，甚至不需要语言，就像游子回到母亲的身边，那种伟大的母爱胜过千言万语。可是，谁那么不懂规矩，随意将具有千年历史的阿卿羌塘替换成"可可西里"？又是谁那么轻浮，用"可可西里"四个字轻描淡写地掩盖这片英雄的疆土？

　　"可可西里"是长江源最神奇的地名之谜。世居在这片土地上的雅拉族人居然都未曾耳闻。当可可西里随着杰桑·索南达杰的牺牲而首次在青海日报等新闻媒体上出场时，人们不能确认它的身份。最初有人说它是"美丽少女"之意，而且很多人都愿意相信这样的解释。后来在民间开始出现纠正的说法，说"可可西里"是蒙语，有"青色的山梁"之意。人们似乎找到了它的族属。但是再没有人探究为何称这里为"可可西里"，又怎么会是"蒙语"称呼等逻辑性问题——可可西里是青藏高原的最高平台，与蒙古族之间隔着天堑昆仑山脉。蒙古人跨越这道险峻的雪山，踏上海拔 5000 余米的阿卿羌塘，还在被称为"生命禁区"的腹地，饶有诗意地命名这里为"可可西里"？这一切听起来，似乎有一种天方夜谭的感觉。我们一行 30 人带着这样的疑问进入可可西里，期望通过亲近土地得到启发，寻得答案。

二、走进可可西里

　　每次走进可可西里，总是有一个既定的目标，即到太阳湖。因此，可可西里留给我们的印象中只有索南达杰自然保护站和太阳湖这两点一线。至于整个 4.5 万平方公里的可可西里的其他土地，只存在于我们行旅的省略号中。况且，从那空阔无边的大地和淡泊宁静的天空间走过，宛若秋夜晴空划过的流星，只是一闪而过，没有留下任何痕迹。

但是，2016年，我们一行30人的队伍，肩负着全国第二次地名普查的历史重任进发可可西里。我们此行的目的是奔着可可西里的每一寸土地，因而即将进入可可西里的时刻，我们感到茫然，而且在紧张中夹带期盼，就像面对一位阔别多年的朋友，在过去与现实之间估摸熟悉和陌生。

　　那么，我们拿什么开启它的"过去"之门呢？这里有四把神奇的"钥匙"。第一把"钥匙"是杰桑·索南达杰遗留的"可可西里地名记录本"。1992年，他走马上任治多县西部工委书记时，他觉得认识可可西里，要从地名入手。于是，采访了许多曾经生活在可可西里地区的知情人。尤其是他采访到了素有"活着的历史"之誉的宗举百户族人长老夏西百长赛尼玛。第二把"钥匙"是走访那些如今还生活在"可可西里"里的海西牧民和西藏牧民。他们是生活在"生命禁区"，居住在"无人区"的人。这些牧民的祖辈，与世居这块土地的雅拉族人，世代混居混牧。因此他们是唯一能够留住一点"可可西里"乡愁的人。第三把"钥匙"是一张索南达杰也曾经无数次翻看过的1986年版青海省行政地图。这张地图上，标有一些可可西里方面的地名。但是，很明显，是在20世纪六七十年代我国地质测绘人员考察的基础上制作的地图。其中许多地名都与可可西里的"过去"无关（比如陷车河、迎军沟等），但是毕竟留下了许多珍贵的地名。据了解，带领测绘人员进入可可西里的向导是治多县的牧民。一名当事人透露，他们

从泥浆路中走出的英雄

是从北线沿着昆仑山脉进入可可西里的，经卓乃湖、太阳湖，向南翻越冬布勒山来到沱沱河乡。因此，1986 版的青海省行政地图上留下了他们的足迹。第四把"钥匙"是神奇的格萨尔说唱艺人。我们本次随队的两位说唱艺人，是有全国格萨尔研究专家认证书的艺人。他们的神奇之处在于能够衔接古今，对话往昔，能够与大自然交流，与山川大地交流。况且，他们认为，可可西里是格萨尔王的唯一女将阿达拉姆的故里，因而这块土地，在 1000 年前，也是一块充满传奇的土地。

三、认识可可西里

走进可可西里，是一种探险，沙漠、沼泽、湖泊，到处隐藏着危险；大雪封山，高寒缺氧，随处直面生命的脆弱，真可谓"难于上青天"。然而，比走进可可西里更艰难的，是认识可可西里。

我们可以利用现代科技手段，将整个可可西里用鼠标和键盘浏览于尺寸之间，从直观感觉中我们发现，可可西里的土地，宽谷和盆地都自北西西向南东东方向极有规律地呈带状排列。自北向南依次排列着昆仑山（阿卿日纠）—马兰山（么勒日纠）—可可西里山（俄仁日纠）—冬布勒山（毒日日纠）—乌兰乌拉山等起伏不等的高山带。其间依次有勒斜武旦湖—可可西里湖（俄仁湖）—卓乃湖—库赛湖（格日湖）—西金乌兰湖（措俄叶）等诸多大小不等的湖盆带。有三大水系，即东部为长江北源的外流水系楚玛尔河，北部中段以阿卿达杰藏布（洪水河）为主的穿越昆仑山的柴达木盆地内流水系，西部以加茸藏布为主的内流水系，形成了诸多湖泊。据统计，在 4.5 万平方公里的土地上，有 7113 个湖泊，其中面积大于 1 平方公里的湖泊有 107 个，小于 1 平方公里的湖泊有 7000 个，200 平方公里以上的湖泊有 6 个。这表明平均每 6.13 平方公里的土地上就有一个湖泊。我们联想晴朗夜幕下的可可西里，应是"满地星斗"，堪称"千湖之都"。阿卿（昆仑）雪山、么勒雪山（马兰）、俄仁山（可可西里山）等广布千年冰川，总面积达 750.7 平方公里，是长江北源最大的固体水库。

这是一种自然地理的描述，只要查阅资料，随手可得。但是，从人文的角度而言，上述的资料即使再详细，也算不得认识可可西里。

我们以长江源石碑作为起点，走向可可西里。尽管可可西里是一块开阔的山地。从哪个方向进入此地都可以到达预定的目标。但是，根据以往进入此地的经验，进山路线只有三条，即北线沿昆仑山脉向西，中线从五道梁进山，南线从雅玛尔河沿格勒山脉向着措俄叶（西金乌兰湖）进发。真是无巧不成书，老天仿佛早就为我们做好了准备，我们普查组进山时，进入可可西里前第一个采访的牧民，尽管看起来只是一位三十出头的小伙子，但是，他对可可西里南部和东部的地名格外熟悉。索南达杰留下的地名记录本上的一些地名和 1986 版青海省行政地图上的大部分地名都与他提供的地名相吻合。尤其是原来行政地图上标注着的"走拦压薪",这一名词使我们百思不得其解。经从他的嘴里用藏语说出来后,简直是醍醐灌顶,茅塞顿开,仿佛打开了通往可可西里的一扇智慧大门。

"走拦压薪",藏语译音,有"藏羚羊通道垭口"之意。看起来平常的名词,对于我们做地名普查的工作组来说,简直就是发现了"新大陆"。在雅拉族人的故事中,曾经听到过阿卿羌塘有三条藏羚羊产仔迁徙通道,但是从来只当作是故事,并没有认真看待和细究。经"走拦压薪"这奇异的地名一点拨,就开启了深藏在可可西里腹地的古老地名的伏藏。藏羚羊产仔迁徙是动物界的一大奇迹,也是可可西里地区的一大奇观。在《格萨尔》史诗《狩猎肉食宗》中有一个情景,说格萨尔王进军阿卿羌塘(古地名,相当于今可可西里),征服了屠杀野生动物的狩猎团伙,还宁静于阿卿羌塘,登临阿卿卓纳敦泽(古地名,今称布喀达坂峰,或青新峰),遥望阿卿羌塘时,成千上万只迁往产仔地的藏羚羊,如风起云涌,向卓乃湖、太阳湖弥漫而来,仿佛整块阿卿羌塘都在微微摇晃。格萨尔豪情万丈,无限深情地祈愿:"阿卿羌塘是藏羚羊的家园,祈愿永世得到天地神灵的护佑!"

所谓"藏羚羊通道",在藏语中称"阿卿祖兰仁毛",是一个古老的地理名词。据说"阿卿祖兰"有三条,即南中北三条线直通措俄叶

（西金乌兰湖），太阳湖（阿卿卓纳玉湖）、乌兰乌拉湖（古称毒日湖）。南线以雅玛河谷为起点，在冬布勒山（毒日日纠）—乌兰乌拉与格勒山脉—查森山脉间的宽谷；中线从二道沟起始，在格勒山—查森山与可可西里山（俄仁山）间的宽谷；北线是可可西里山（俄仁山）与昆仑山脉（阿卿日纠）间的宽谷。这三条东西走向的宽谷，便是藏羚羊千年产仔的迁徙通道。我们发现母藏羚羊由于临近产仔，因而爬不了山、下不了坡，须顺着水草兼备的平缓地势迁徙，由此形成了千年不变的迁徙通道。三条通道是可可西里地名的三大纲领，是一个很有气魄的地名，也是很有科学参考价值的地名。对于合理、科学保护藏羚羊，具有重要意义。所谓"谋事在人，成事在天"，确实有着一种深刻的哲理。尽管本次地名普查工作组可以说是治多县进发可可西里有史以来最有条件、最有组织，装备最精良，称得上是从容穿越可可西里的队伍，但是假如没有诸多天时地利，恐怕工作成果将会有些折扣。

最初进发可可西里，我们的普查线路并不清晰，基本上有依赖可可西里自然保护区管理局派来的向导的念头。从长江源石碑随向导朝着西北方进发，大约走了20多公里路，还没有一丝进入可可西里的感觉。我们的心灵似乎在怀疑，开始发出一些疑问。最终几乎是凭借直觉又折回20多公里，返回原点，又向着东北方向出发，约莫走了十几公里，我们远行的脚步就踏上了治多的行政区域。仿佛是有一种无线信号衔接土地与心灵，当我们的脚步踏上可可西里土地的那一刻，飘忽不定的心终于落了地。从雅玛尔河向西走，海拔一直在上升。3月30日晚，我们的营帐扎在海拔4900米的夏仓谷。晚上，晴朗无云，无数颗星星在天空闪烁。看着满天星斗覆盖着大地，天地静谧无息，我们听着有人讲星星的故事，看着那由各种图案构成的星座，渐渐地，我们的营帐也融进了满天星星，在低垂的天幕下进入了梦乡。

4月1日，翻越夏仓山口，向着格勒湖前进。格勒湖位于格勒山北部，因此我们翻越了格勒山，就等于是从藏羚羊南线通道进入了中线通道。中线通道的大部分路段是楚玛尔河流域。从格勒山口向北望去，看到许多以红色为基调的山。最醒目的应当首推卡玛日纠。那一道道皱褶的丹霞地貌，远看貌似一座红色的城堡，难怪古人称其为"卡玛"，即红色城堡。继续向北沿着一条红色的河谷走去，在谷口西边，我们发现了一户人家。此户是西藏安多县玛曲乡六村的牧民。这里是可可西里自然保护区的核心区，他们常年游牧于此，与动物为伴，与自然朝夕相处，他们的目光里没有焦虑、没有疑惑，只有童稚般的好奇和纯正。待客之道依然保持着传统牧民的好客和大方。这家牧户的主人叫南加，他对楚玛尔河东段及南部的地名比较熟悉，为我们提供了许多有价值的地名资料。从南加家门向西北望去，在格勒山脉的滩地有一座红色的山丘，他说此山斤名叫"查索玛"。我们虽然听得特别真切，但是一路上也没能破解它的含义。当我们从"查索玛"南边沿一条红色深谷前行时，一路上看到了多处猎隼窝。我们心底悄悄地叫好，因为出门遇到猎隼是吉兆。将行至"查索玛"山口时，几乎是灵光一闪，茅塞顿开。是土地启示我们"查索玛"与猎隼有关。这座红色的山丘是猎隼栖息孵化的家园。"查"是指猎隼，"索"便是孵化养育之意。真是天助我也；有了这意外的收获，尽管已是海拔 5000 多米的山口，但是我们体悟到了智慧的快乐和发现的惊喜。有人提议，为了感恩土地的启示，要念颂天地神灵，尤其是雪域大地的神灵，特别是感恩"阿卿羌塘"的善道神灵。这是藏族人出门时的仪式，也是远行者的精神盘缠。念诵完祈祷祝词，向着蓝天放飞"风马"。一句深藏着远古音符的"格格索索拉加罗"，随之飘向四方。所谓"风马"，是由五种动物组合而成的图案。即四方有"龙、鹏、虎、狮，中间有一匹驮载宝物的马"。四方动物分别象征地、水、风、火，宝马象征送达和谐吉祥。四方和谐，天地安详。这便是沟通神灵、沟通大自然的古老方式之一。

我们的队伍在格勒措更的南部山丘汇合。这里格外开阔，向西几乎能够看到天的尽头；向北，在湖的北方有一座山峰，叫查毛玛，再向西北望去，便有查钦和查琼两座山峰。听地名，必定有盐矿，因为"查"是指盐，"查钦"和"查琼"是"大盐矿"和"小盐矿"。在藏族的地理文化中，常有如此神奇的地名。虽然藏族历史上没有探矿的记载，但是地名中往往暗藏着诸多玄机。

各种地下矿藏，大都能从地名中解读出十之八九。在格萨尔史诗中记载得更为详细，尤其是《大食财宝宗》中，通过投掷骰子，将七大财宝分配、伏藏到了藏族人信奉的各大神山。例如通天河流域的尕朵觉悟神山得到了金子·曼陀罗，因而这里便是金子的富矿区；阿尼玛卿神山获得了三头神马，因而玛域地区盛产名马；梅里雪山分配到新月状的甜果，从此梅里雪山出产各种果树；木雅玉龙雪山获得招引商机的铁钩，从此这一带商业兴旺；念青唐古拉神山得到的是财神詹巴拉像及坛城，从此那里遍地是食草动物的天地。

格勒措是进入可可西里看到的第一个大湖，此湖有许多神奇的传说。因此我们启用了一把神秘"钥匙"——格萨尔神授艺人。他们通过煨桑仪式，进入神迷状态。两位艺人均未上过学，进城生活也只有几年。依常理来说，他们出发前对可可西里的了解几乎接近于零，但是从他们的说唱里吐露的信息，远远超出预想的结果。尤其是，他们不仅说唱到"阿卿羌塘"的三条藏羚羊迁徙通道，而且还提到可可西里有三条古道、三大出口。说到格勒措是可可西里上千个湖泊中生存着水牛的湖泊。说来有些不可思议，当缕缕桑烟升上空中，说唱的状态处于迷醉境界（近于尼采的酒神精神）时，格勒湖的上空飘来朵朵祥云。山神湖灵似乎听懂了人类的语言。

当我们走到格勒湖旁时，发现了一处自然奇观。湖水还未解冻，湖边一道裂口直通到湖的那一边。有人说这是湖泊解冻的前兆，一位艺人却认为这是湖中有水牛的征兆。他早年在其他一些湖泊中也见过类

可可西里藏羚羊　李松哲　摄

似的迹象，据说这是水牛准备出湖前进行活动的痕迹。

我们从格勒湖向西出发。告别格勒湖，向西出发，眼前是一大片茫茫平川。据索南达杰留下的记录本上记载，这里是"巴毛秀拉"，有上、中、下三大藏羚羊平原。"巴毛"指格萨尔史诗中最勇敢的女将（即阿达拉姆），传说是"阿卿羌塘"的主人。"秀拉"为"牧场"。

索南达杰在记录本上写道：此处是藏羚羊携带幼仔生息的地方，故称"秀拉"。进入"巴毛秀拉"，仿佛进入了非洲大草原，东一簇、西一群的藏羚羊，都散布在那一望无际的原野。四月是进入可可西里的最佳时机，大地还没解冻，又基本上过了大雪封山的危险期。藏羚羊离产仔还有个把月，那健步如飞的矫捷身形，仍然会从你的眼前一闪而过，那甩蹄飞奔、勇争冠军的架势仍然毫无减损。藏羚羊的跑姿，尤其是那头顶竖直如剑的公藏羚羊，它飞奔的速度、身形和气势，简直就是动物界的审美极顶。

我们的队伍从"巴毛秀拉"出来，向西走过藏羚羊栖息的三大平原，发现了几十对藏羚羊的角。有的角上还带着血淋淋的头皮，估计是最近才死亡的。被猎杀的？是盗猎者？是狼？不得而知。在滩地上偶尔看到单车走过的辙痕或若隐若现的摩托车轮印。是自然死亡还是人为猎杀呢？奇怪的是，我们捡到的头骨全是公的，没有发现一只母羚羊的头骨。

穿越藏羚羊栖息的腹地，环视四下，到处都有藏羚羊。索南达杰的可可西里地名记录本写道：在三大"祖塘"（藏羚羊平川），有大小两个羚羊羔湖，即"祖日措钦、措琼"。是藏羚羊产羔后，生息活动的摇篮。我们通过考察发现，在上、中、下三大"祖塘"（羚羊川），有三个大小不等的湖泊。这些湖泊，在1986版的地图上没有标注任何符号，在卫星拍摄的地形图上却只看到两个湖。这便是"祖日措钦、措琼"吧！我们在共享发现的快乐之余，深深地感恩土地给予的启示和先辈留下的记录。

地名普查，是一种智力游戏，也是触碰乡愁的心灵之旅，更是一种让心灵回归古老文化，让山川大地上的历史抖落岁月的尘埃，发出自己原始的声音的探寻。

4月1日，我们在一处背风向阳的河滩扎营。从心理上讲，我们仿佛早就走过了"巴毛秀拉"，穿越了藏羚羊栖息的三大平原。但是第二天出发时，回望昨天的营地，却发现我们仍然没有走出三大"祖塘"。说来也巧，我们拔营出发时，恰好从所谓"巴毛秀拉"（意即巴毛羚羊圈）的类似园门的两座山丘间出来。临出发前有两匹狼朝我们走来。一位格萨尔艺人说：昨天有一位背着行囊的远行者，也在离我们营帐百米开外落了脚。但是那里方圆百里没有人烟，一个天涯孤旅者，不会冒险进入茫茫无人区。也不像是朝圣者，因朝圣者对任何人没有敌意和防范心理，自然会主动跟我们交往。更不像是寻找失散牛羊的牧民，他没有向我们打听什么消息，艺人说他甚至没有表现出一丝注意我们的动作。

过了羚羊塘，顺着一条干涸的河床向西南走去。我们的先头部队说是发现了一家牧户。河床渐渐显得窄而深，两边的山越来越高，我们进入了一条峡谷。从峡谷口西南边出来时，眼前是一处水草丰美的草原。从植被稀疏的荒漠地带走来，突然看见如此肥美的草场，我们心中那尘封已久的游牧人情结被唤醒了，仿佛有一种回到家的感觉，心里涌起一股暖流。这家牧户也是西藏安多县玛曲乡六村的牧民。我们探问这家牧民，确知此处就是1986版青海省行政地图上标明的"寨冒拉昆"。但是他们不知地名的含义。听字面语音，似乎有"棕熊庙"之意。也有人猜测是"暖窝子"之意。从语音上听，两者基本接近。从含义上讲，后者更合情理。这家牧户住的地方十分特殊。门前是几十亩左右的肥美沼泽草场，背后有一座以黑石山围成一圈的平顶山。爬到山上，是几十亩见方的台地。台地中央有一个水池，台地的东北面有一座突兀的圆沙丘，这家主人说他们的人畜饮水就靠这条半亩大的水池。东北面的那座沙丘叫"桑氏"，即"棕熊庙"的煨桑台。我们爬到"桑氏"山顶，虽然山不高，但是视野开阔，似乎有一种"登泰山而小天下"的感觉。从这里向东北方向遥望，能看到前两天我们走过的路。这家主人君临天下般为我们"指点江山"。他从东边依次向北为我们介绍：格勒雅杂山在格勒湖的东边。雅杂山往北有寨洛山脉，从寨洛山脉向西依次是卡玛山脉—查乌山脉—多格山脉—郭查山脉—

仲宁山脉。这里特别引起注意的是，他手指的方向皆为"山脉"，而非山峰，可见视野之开阔。仲宁山脉背后一座白得耀眼的雪山像一条白色的帆，渐渐显现在大海般的蓝天下。他说这是岗扎森。从地势和方向看，可能是阿卿卓纳敦泽雪山（布喀达坂峰），距离我们至少有七八十公里。正所谓"横看成岭侧成峰"，一座雪山，维吾尔族人称它"布喀达坂峰"，藏族康区的雅拉人称它为"阿卿卓纳敦泽"，西藏那曲人却命名它为"岗扎森"。又比如昆仑山口东边的那座著名雪山，在藏族人的眼里像一头雪狮的头颅，因此叫"阿卿嘎尹森托"；而汉族人称其为"玉珠峰"。对此略做分析便知究竟。抛开文化背景不谈，主要是看山的角度和距离不同而出现了不同的名称。就"玉珠峰"而言，从百公里左右的远处看，确实像一头雪狮的头颅；而随着距离不断拉近，雪山渐渐竖立起来，最终"侧成"为"玉珠峰"。

从"桑氏"山向西看，山势越来越低，东西走向的山脉似乎到了尽头，仿佛只要视力够用，就能看到天边。南面是绵延百公里的查森山脉。过去雅拉人称其为"仲杂仁毛"，即"野牦牛石子长梁"。从索南达杰的记录本来看，1958年夏天，赛穷尼玛出逃可可西里时，也到过此山。当时这里有一户雅拉族人。我们脚下的这座平顶山，当时叫"布弟纳赤"，"布弟"据说是雅拉族里一位老者名字，"纳赤"指的是黑石山围成一圈的这座平顶山。南面的山谷叫"日西卓部"，据说有野牦牛、藏野驴、盘羊、黄羊等许多野生动物。"日西"是指猎人，"卓部"是说那条山谷里野生动物多，常常能够走运打到所需猎物。在《格萨尔》史诗《勒池藏羚羊宗》里也提到过一个地名，叫"卓玛拉昆"（度母庙），很可能指的是"寨冒拉昆"。史诗中讲"卓玛拉昆"是守护藏羚羊的土地神千年禅修的地方。我们在"寨冒拉昆"的西藏牧民家，匆忙吃了中午饭，又继续向西进发。在可可西里4.5万平方公里的土地上，就数这里的水草最丰美，因而是野生动物的核心栖息地。

沿着查森山脉向西走，在下查森河、中查森河和上查森河之间，有两块很开阔的滩地。我们看到三五成群的野牦牛，分散在整片滩地上。这里距楚玛尔河源头不远，从下查森河流出去的河水，如果能走出沙滩，那么应该是向东流进楚玛尔河的。滩地上偶尔能见到一些野牦牛的头骨。有的已经风化散架，有的还仍然挺着两支粗壮的角。我们看到的最大的一个野牦牛头骨，两角中间能够容成年人盘腿而坐。从这些痕迹看，这里便是《格萨尔》史诗《阿卿野牦牛宗》中提到的"仲塘"，即野牦牛平原。因为整个滩地被从查森山脉流下的河沟分成了两块，所以就有了上下"仲塘"之称。

走过"仲塘"，是藏野驴的天地。我们的近处有甩蹄奔跑的藏野驴；稍远处，有的藏野驴抬起警觉的头颅朝我们看；大部分仍在低头忙它们的事，毫不理会我们这些"不速之客"。在1986版行政地图上标的地名是"野马川"，但是我们看到的全是藏野驴，按理应是藏野驴川，也就是藏语所称呼的"君塘"。

4月2日，我们扎营在一座坐北朝南的沙丘前。这里已是"藏野驴川"（君塘）的西南边。晚饭后，我们普查工作组集中研讨、分析几天来的工作情况。工作组主要有支撑地名技术工作的上智科技公司和负责地名文化、组织、协调全盘工作的治多县赴可可西里地名普查工作组。我们在一比五万比例尺的地图上开始逐条核对行程中所经过的山水及其地名。一是审核1986版青海省行政地图上的地名和我们普查获知的地名之间的真伪对错等；二是在地图上标注确认的地名和新发现的古地名。三是研析地名文化含义。从地图上看，我们扎营的沙丘北边有一个湖泊，原名称"移山湖"。经验告诉我们，凡是不用"措"（藏语）而写成的"湖"的，大部分是汉语命名的。因此我们从汉语言的角度去思考、分析"移山"的含义、来历。上智公司的几位汉族同胞也说不出个所以然。其实当年测绘部门命名的地名一目了然。比如"陷车河""顺利山""倒流沟""饮马河"等。正当我们的思想在"移山湖"三个字上徘徊时，很偶然地有人聊起今天路上的一段奇遇。他说在上"仲塘"的西边看了三只猞猁。猞猁是很罕见的犬科动物（据说曾经有动物学家在涉藏地区寻找猞猁），警觉性很高，平时人很难接近它。但是不知什么原因，今天他们居然是用手机拍到了猞猁。据说它跑了百十来米，就匍匐在地，任他们欣赏拍摄。藏族有句谚语说"猞猁只有一蹦跶"。听祖辈们说，猞猁在百米之内，可以说是动物界的短跑冠军，几乎可以一闪而过。但是过了这个猛势，就跑不动了。或许是这个原因，它终究没有跑出追随者的视线，听起来有些神乎其神。说到这里，土地又一次给我们心灵以启示。猞猁，在藏语中称"移嘎"。所谓"移山"，或许是猞猁山。标明此处当年也有很多猞猁。况且从我们扎营处往南走，还有一座"伊日玛塔山"，意即"红色的猞猁山"。由此看来，山下的湖泊自然是"移山湖"，即猞猁湖。

走出"猞猁"的家园，继续向西走。翻越一个缓坡，又是一个分水岭。从这里向西望去，所有河水都向西流去。南面的查森山脉走到了尽头，山势渐渐变成了平滩。有一个湖泊，从眼前蔓延开来，仿佛从西边的地平线弥漫到天外，那莽莽苍苍的天地间，有一座雪山在太阳下晃动。视野所及之处，无端地给人以"天之涯，地之角"的感觉。这使人想起流传于玉树四族的地理概说。传说清朝年间，由于四川与青海的藏族地界发生争议，并派大臣勘定疆界。当时勘界的方式比较特别，先让各地自报疆域。玉树二十五族中的玉树四族（驻牧长江源，今治多县、曲麻莱县及海西沱沱河乡境）代表，传说将整个疆域摆在一件藏袄上，形象而直观地进行了汇报。他说"牙莫当（牙曲、莫曲、当曲）三条河是我地之衣领，阿卿日纠（昆仑山脉）是我的地之衣边，长江是我地之腰带……"三言两语说清了地界之后，就开始提纲挈领地讲述地理特点。其中就讲到玉树四族有"上北三大开阔之地名"，即措俄叶、岗斜叶和杂阿叶。意思依次是开阔而蓝色的湖、开阔而晶亮的雪山、开阔而斑驳的石子山。索南达杰写道："赛穷尼玛是从上北三大开阔之地进入新疆境内的。到了那里，河流不再是长江流域的，开始注入了新疆境内。"

从原地图上看，此湖叫西金乌兰湖。听到这名称，已经有些西域风味。但是实际辖区自古以来是青海的，是玉树四族的，20 世纪 50 年代末，赛穷尼玛出逃可可西里时，仍然称作"措俄叶"。仅仅过了半个世纪，它就改族换姓了？或者是"措俄叶"译成维吾尔语，称"西金乌兰湖"？不得而知。在措俄叶（西金乌兰湖）的东南方，约有上百头一群的野牦牛散居于各处。湖的南部是冬布勒山，即毒日山脉。在青梅让丁的《格萨尔》说唱部《阿卿野牦牛宗》里讲，格萨尔王十四岁时，率军北上，征服了混入野牦牛群的九头牛魔的故事。自从出现九头牛魔之后，这一带的水变成了毒汁，草是毒草，甚至空气里都含有毒气，饮水食草的动物不用说，甚至从高空飞过的鸟儿都难逃毒气而亡。一时间，这一带变成了阴森恐怖的死亡区域。因此山是毒山、水是毒水、湖是毒湖，其地名由此传承而来。

从我们翻越格勒山，走进可可西里的藏羚羊中线通道开始，北部一直有一道山梁向西延伸过去。尽管对某一段山有卡玛日纠、多格日纠等各种不同的名称，但是纵观整个山势的脉络，在整个阿卿地区来讲，除了昆仑山脉，就数这条山脉最长。在玉树四族的地理概说中讲道：玛卿雪山的山脉尽头到雅拉约古涌，约古山脉的尽头到卡拉涌，而卡拉山脉其实接上了巴音山脉，巴音山脉延伸过来便是如今被称为

"可可西里"的山脉。

我们从措俄叶(西金乌兰湖)的东端折向北部朝可可西里山进发。我们发现可可西里山脉也已经到了尽头，从岗斜叶雪山流下来的加茸藏布，经可可西里山脉的西端向东注入了措俄叶(西金乌兰湖)。从以前的地图上看，可可西里山好像指的是措俄叶北面的这一段山，但是为何成了整个阿卿羌塘的代名词，却没有看到任何文字记载。索南达杰在地面记录中讲："上北三大开阔地，有俄仁日纠，有一条如聂恰河大小的江河，叫加茸藏布，在俄仁山脉的西南有一座山峰叫觉莫然萨。"

我们从措俄叶一路向北走近可可西里山。在可可西里的西端有一座十分醒目的山峰。地图上标的是"双头山"，而我们来自管理局的向导说，他们巡山时，通常称它为"父子山"。从形象而言，让人联想到骆驼的驼峰，称其为"双驼峰"，或许更恰当。但是我们经过仔细勘察和分析，索南达杰在记录本中提到的"觉莫然萨"，指的应该是"双头山"。而"俄仁日纠"，便是我们正在一步步走近的可可西里山。

"俄仁日纠"，藏语，有"青色的山脉"之意；可可西里，据说是蒙语，也有"青色的山脉"之意。根据索南达杰的地名记录内容来分析，1958年之前，面前这座横跨江河源区的山脉，称之为"俄仁日纠"。那么为何如今称为"可可西里"，而且还满世界叫得山响呢？据20世纪六七十年代协助我国地质测绘部门，走进这一地区的治多籍老人回忆，他不记得有"可可西里"这个地名。但是"可可西里"四个字，大概是在这个时间段出现在阿卿羌塘的。出现这个神秘地名，有这样几种可能：当年地质测绘队里有藏族人、蒙古族人。向测绘人员（汉族）介绍地名时，因治多地处偏僻，懂汉语的人少，翻译很有可能是蒙古族人。而海西境内的蒙古族人基本上都听得懂藏语，而且有部分的蒙古人使用藏文字写作。当时蒙古人将"俄仁"翻译成蒙语"可可西里"，直接告诉汉族同胞，汉族同胞就依此标注在地图上。也有可能是固始汗统治西藏时，因玉树四族一度属于蒙古和硕特部管辖，那时有些地名就变成了蒙古语。从五世达赖的《自传》中发现，唐蕃古道沿线的部分地名是蒙古语。总之，绵延横亘于阿卿羌塘的这座神秘山脉，不管称其为"俄仁日纠"也好，还是叫"可可西里"也罢，它的本色并没有发生改变，依旧是"青色的山脉"，依旧是英雄的土地，依旧是享誉中华的绿色环保圣地。

从遥远的地方看这块神秘的土地，4.5万平方公里的整片土地被称作"可可西里"似乎是理所当然的，可从第一脚踏入这块土地的那一刻开始，我们在逐渐剥离"可可西里"这个概念。当我们越来越走近可可西里时，可可西里却离我们越来越远，直到最后消散在我们的概念里。当下我们行走的正北方有一座红色的山梁，山体上有规正的一道皱褶，像是出家人的披风（大氅）。索南达杰在记录木中写道：可可西里山（俄仁日纠）有"玛尹玛项格哲山"。其意是红色九道沟。当我们第一眼看到这座山时，便自然而然地想起了这古老的地名。可可西里似乎指的是整条山脉，就像"俄仁日纠"，所指便是山脉，而非山峰。我们是从玛项格哲山的西面翻越可可西里山的。向西有两座类似牛毛帐篷的山，分别是"俄仁巴钦""俄仁巴琼"。"巴"是指牛毛帐篷，"钦""琼"是大小之意。玛项格哲山与俄仁巴钦、俄仁巴琼之间的山口，称曹尼拉山口。由此，我们体验到了佛家的智慧——缘起性空之理。也恰巧我们到达山口，两座红色的山包象征福德、智慧资粮圆满，因此称"曹尼拉"。从曹尼拉山向北遥望，在蔚蓝色的天空下，一座白得耀眼的雪山静静地横卧在大地上。我们从索南达杰的《可可西里地名记录本》中得知，这是著名的么勒雪山，原地图上称"马兰雪山"，语音相近，指的是同一座雪山。在拉布东周说唱的格萨尔史诗《巴毛肉食宗》中讲：很早以前，此地的狩猎部落头领叫么勒拉赞果保。他是一位富裕而知足的人。他临终前拿出自己积攒的一斗金子，撒向么勒山间，爬到么勒雪山举起白幡，祈愿这北部阿卿羌塘，永世富足，远离贫困和饥饿！从此他抛撒金子的山间，称为"么勒赛卡格哲"，即"么勒九道金沟"；他举幡发愿的雪峰称为"么勒达敦"，即"么勒白幡山"。么勒达敦雪山南面有一个东西走向的狭长湖泊，地图上标称"饮马湖"。其实这是么勒赛措（么勒金湖）。么勒赛措继续向东走，就能看到可可西里湖，藏语称"俄仁措更"。

在么勒雪山的西北方，有一些雅丹地质形成的山体，形状千奇百怪，颜色红灰相间，引人关注。据我们随行的神授艺人讲，那灰色的山梁是阿达山脉，红得滴血的山岭是巴毛夏卡。阿达拉姆（又称巴毛阿达）是格萨尔王唯一的女将。传说阿达拉姆是化生，没有父母，是从一根草尖生出来，被一位猎人发现后，就当成自己的女儿将她养大成人。后来她的养父在一次外出打猎时，被一头野牦牛顶死。她在悲痛之余，背上父亲的弓箭，走上了为父报仇的杀生之路。她的前半生，在没有遇到格萨尔王之前，是以猎杀野牦牛为生，嗜杀成性。被猎杀的野牦牛尸骨堆起了一座城堡，人称"巴毛夏卡"，即"巴毛肉城"。从太阳湖向西南到整个藏羚羊中线通道区域，传说皆为阿达拉姆的地盘。在这一带的山水间，留下了格萨尔史诗的唯一巾帼英雄的传奇故事。由此形成了与此有关的许多地名，如"阿代达然"（阿代箭袋）、"阿代塘措"（阿代平地湖）等，都是具有许多故事的地名。

翻越么勒（马兰）岗根雪山，尽管海拔早已超过 5000 多米，但是我们队员的精神却空前兴奋。从么勒山垭口向北望去，那座雪山，那个湖泊如此熟悉，如此亲切，仿佛有一种久别重逢的感觉。大家一到垭口，就提议与卓纳敦泽和太阳湖一起留影。从格日措湖一路西进，经卓乃湖、科考湖（仲杂措纳），到太阳湖的这一带路，便是阿卿羌塘古地名中所说的藏羚羊产仔北线迁徙通道，即阿卿祖兰窝玛。是当年杰桑·索南达杰先后 12 次深入可可西里腹地的主要路线，也是野牦牛队巡山反击盗猎分子时主要的进山路线。在这块古老的土地上，流下了先辈英烈的血汗，留下了他们可歌可泣的传奇故事。

太阳湖（阿卿卓纳玉措）旁这座快要被湖水淹没的石碑，是原中共治多县委副书记、西部工委书记杰桑·索南达杰烈士的墓碑，更是20世纪末中国环保事业中具有划时代意义的里程碑。杰桑·索南达杰的牺牲，挽救了濒临灭绝的藏羚羊，遏止了破坏可可西里脆弱生境的疯狂采挖行为，恢复了可可西里延续千年的原始的宁静，唤醒了国人的环保意识。只要进入这块绿色环保圣地，看到悠闲自在的藏羚羊，看到巍峨的卓纳敦泽山，看到宁静而美丽的太阳湖，听到先烈们为保护这块土地及其生灵，曾经艰苦卓绝地奋战的感天动地的故事，就能掂量出这座石碑的分量。

4月3日下午，我们到达太阳湖。每次到太阳湖，大家会不约而

杰桑·索南达杰纪念碑

同地直奔湖旁那座并不起眼的烈士碑。一到那里，又不谋而合地开始行动起来。自1997年由野牦牛队队长奇卡·扎巴多杰带队建造树立这座石碑以来，去可可西里的第一目标便是太阳湖和湖旁的纪念碑。尤其是2007年，治多县委、县政府派县委常委、宣传部部长宗金才组织人马去太阳湖祭拜，第一次在太阳湖旁升起国旗，在庄严肃穆的气象中向着烈士碑，向着太阳湖，向着可可西里的山山水水，倾诉人们的衷肠，回忆、宣誓、发愿，在英雄无私的精神感召下，人们的心灵得到净化，在英雄感人的故事中，人们的思想得到升华。

在太阳湖旁立碑已有二十年。碑文因风化而模糊不清，碑的基座受到湖水和山洪的威胁。前几年树起的旗杆和经幡架子也已倒塌。我

们一到石碑前，就开始行动起来。有的用红漆在描红碑文，有的在整理旧经幡布，有的在清理旗杆洞，有的在修理石碑前的嘛呢石……总之，纪念碑前没有一个闲人。

4月5日，清明节，我们在太阳湖。这日子不是我们选定的，而是本次外出中诸多巧合中最令人生情的巧合。我们这次在太阳湖旁有两大活动：民间的民俗纪念活动和政府纪念活动。这是自2007年首次在太阳湖祭拜环保卫士后形成的一种约定俗成。

早晨，第一缕阳光照射太阳湖的天空时，纪念碑后的柱子上挂起了依据须弥山的四方颜色排列的青、红、黄、白四色经幡。一股清香四溢的桑烟缓缓升向天空，激情澎湃的格萨尔艺人，已经进入心醉神迷的状态。他从远古的记忆深层召唤当年格萨尔王祈祷神灵的祷词，呼唤三界神祇，十方神灵。从么勒雪山的西北方，一道道白云如纯洁哈达般伸向太阳湖的上空，一朵一朵的云彩从虚空如期而至。在一阵阵阳刚十足的"格格索索拉加罗"的高呼声中，象征"四大"和谐的风马直飞青天，由"龙鹏虎狮"护驾的"宝马"，带着古老的神秘符咒，承载着一个民族最纯洁的向往和祝福，飘向这块古老而神奇的土地，飘向那与人类一样同等渴望快乐的每一个生灵。

在庄严的国歌声中，五星红旗徐徐升起，这不仅仅是一种仪式，更有一种深厚的情怀。尤其是在布喀达坂雪山下，太阳湖的上空，烈士纪念碑前，那一道鲜红的风景，是一种温暖，更是一种情感。

们为祭奠杰桑·索南达杰抛撒风马

祭拜英烈活动，有"追思缅怀"仪式，向英烈敬献哈达仪式、有"重温入党誓词"仪式，有"高举生态文明旗帜，弘扬英雄精神"的宣誓仪式，有为可可西里"申遗"呐喊助威的活动等。仪式开始由治多县民政局局长普布主持，治多县人大副主任才扎代表治多县四大班子及四万各族人民，发表了激动人心的讲话。讲话触动了在场每位同志的情感神经。治多县不冻泉工作站站长安多尼玛触景生情，想起当年杰桑·索南达杰及野牦牛队时代的艰难岁月，想起奇卡·扎巴多杰同志不顾个人安危和荣誉地位，忘我投身环保事业，却没能安度此生。而今在杰桑·索南达杰的纪念碑前，终于有机会共同缅怀两位先烈，悲喜交加，眼泪夺眶而出。原野牦牛队队员班巴、扎多、扎江等也在默默地落泪，在场的其他人也尽量控制着情绪，将泪水往肚子里咽，大家都感到一阵心酸。

从早晨挂起经幡到最后的仪式结束，太阳湖宁静得没有一丝风，天空布满了一道道的白云。卓纳敦泽（布喀达坂峰）雪山仿佛离我们亲近了许多，而且大家有一个共同的感觉——这座雪山似乎比原来更加雄伟高昂。卓纳敦泽雪峰，是阿卿山脉（昆仑山脉）的最高主峰。"卓纳"有"黑色羽翎"之意，"敦泽"直译是"矛尖"。从整体看，山体类似一只兀鹫。从山脚到山腰之间那一道一道如黑色羽翎般的流石坡，像一支锋利的矛尖伸向雪山之巅。只要知道"卓纳敦泽"这地名，在阿卿羌塘唯有这座雪峰配称天衣无缝。在格萨尔说唱艺人青梅让丁的说唱本《格萨尔·勒池藏羚羊宗》中讲道：格萨尔王征服了滥杀藏羚羊的狩猎大盗之后，按照天母娘娘的指引，从卓纳敦泽山中掘藏了八十支翎箭。这些掘藏的翎箭非同一般，能够射穿野牦牛的头皮，尖锐无比，神力独一。格萨尔王十四岁那年，降伏阿卿羌塘的九头野牛魔时，除了从卓纳敦泽山掘藏的八十支翎箭外，连岭部将帅之首神箭手丹玛都无能为力。因此，有人认为"卓纳敦泽"源自格萨尔史诗故事。卓纳敦泽雪山的东山之巅，有一座晶莹剔透的雪山，人们为纪念那一位曾经驰骋于阿卿羌塘的勇士——奇卡·扎巴多杰，而命名为"帕郭多杰谢扎"。"帕郭"为勇士，"多杰"是金刚之意，"谢扎"有水晶山之意。从这座雪山流出的冰川融水也注入了"阿卿达杰藏布"。太阳湖的西北方那座雪山，地图上标注的是魏雪峰。杰桑·索南达杰第十二次进入可可西里破获的特大盗猎案，正是在这座雪山不远的鲸鱼湖东南边。根据索南达杰可可西里地面记录的内容看，这座雪山的古地名应该是"阿卿岗嘎陆"。"岗"的意思是雪，"嘎陆"是指冰川形状。平常所有的雪山都是向上耸峙，而唯独这座雪山是向下垂落的。索南达杰写道：从可可西里藏羚羊中线通道走，在阿卿仲宁拉则的西北侧，露出了"阿卿岗嘎陆"雪山的峰巅。

我们祭拜英烈的仪式刚结束后，就刮起了大风。我们匆匆起程，向卓乃湖进发。在太阳湖东端，我们又遇见了那只不怕人的狼。2007年11月，我们在英雄纪念碑前正在用午餐，一只狼悄没声息地出现在距离人群不到 10 米的地方。看样子，当时也就两三岁左右。大家一发现它，因为有些意外，就开始手忙脚乱，有点不知所措。其中有人拿出三块手抓肉扔出去，它毫不畏惧地叼起肉就准备走。但是三块手抓肉，没法一起叼走，于是就索性在那儿吃起来。当时，就勾起了人们的一种宗教情怀。藏族生态观念里认为，出门人路遇狼是吉兆，尤其是狼的右侧对着行路者，更加吉祥。何况它还如此神奇地靠近我们，致使大家无比激动和感恩。时隔十年，又遇见那只狼，大家都有一种一见如故的感觉。藏族人认为，狼、狗等只有九岁的寿命。那只狼已有十几岁的年龄，从形象看，显然已是"壮士暮年"。许多人质疑，狼那么狡猾，怎么会如此亲近人呢？再者，前后两只狼我们怎么知道是同一只呢？这恐怕只有与我们同行的人，才知道答案。

太阳湖流出的一条河，沿着昆仑山脉一路向东。沿途有卓纳敦泽雪山千年冰川的融水汇进来，浩浩汤汤地向前流去。这是可可西里地区最大的一条江河，最终从豹子峡跨出昆仑山脉，流进了柴达木盆地。这条河流，在地图上只是在豹子峡近处开始标有"洪水河"，大部分河段没有名字。我们发现这条河流的源头，是杰桑·索南达杰为保护藏羚羊而英勇牺牲的地方——太阳湖。我们相信太阳湖记住了那惊心动魄的场面，英雄的鲜血浸润过这片古老的土地，昆仑大地将会永远托起英雄的丰碑。根据地名普查的相关政策，为了纪念我们的环保卫士，起名为"阿卿达杰藏布"。阿卿是藏族的古老地名，指昆仑山，有祖山之最的意思；"达杰"取自英雄姓名的末尾两个字，有乘势而兴之意；"藏布"是指大江。

从阿卿仲杂措纳（科考湖）回望走过的路，卓纳敦泽雪山像一位目送儿子远行的父亲，巍然屹立在昆仑山脉的最高处。这是一条藏羚羊千年的通道，也是进入可可西里腹地的千年古道，藏语称"阿卿桑兰仁毛"。阿卿仲杂措纳的主要水源来自东北边的一条山泉。这条山泉是原野牦牛队进山和后来的管理局巡山时，常常扎营的一个据点。因为这条泉水清澈甘洌，在整个可可西里地区没有哪个山泉与之相媲美。因此，他们将其命名为"幸福沟"。我们到达幸福沟，已是暮色渐进。在泉水边看到了一只狼，稍远的山梁上还有两只狼在嗅着什么气味匆匆向前赶去。这时我们的向导，管理局的小郭告诉我们：这里常有12只狼结伴而行。从那道山梁拐过去，能看到一块开阔滩地。每次到这里，原野牦牛队队员昂青才仁总是泪眼模糊，泣不成声。1997年冬天，他在这里看护藏羚羊。因为大雪封山，与外界失去联系。后来开始断粮，饥饿如同恶神缠绕。在万般无奈的情况下，他只好吃鼠兔肉充饥。幸好死神还没有接收他，最终等到了外援。我们为了纪念这件可歌可泣的环保故事，想给此处起个地名，但是一路上没有想到合适的名称。当我们快要临近他们的扎营处时，营地背后的山坡上分外清晰地显示出三只脚的乌鸦图形，于是大家不约而同地命名为"婆饶卓仓"。"婆饶"是乌鸦，在藏族生态文化中，乌鸦是一只含有预示未来吉兆祸福能力的神鸟，尤其是它往往给人带来财运，因而有"乌鸦吐财"的说法，于是称"卓仓"。"卓"是指"好运、财运"，"仓"是指"好运的据点"或"家"。

可可西里的暮色从天边弥漫而来，不一会儿就漆黑一片。到卓乃湖已是暮色沉沉。卓乃湖是可可西里地区藏羚羊千年的大产房，是藏羚羊生命的原点。每到藏羚羊产仔期，从卓乃湖东南方的地平线上，母藏羚羊如春天的云雾般弥漫过来，北部的羌塘都仿佛向要这里倾斜，到处充满着生命的气息。如此这般壮美的天地，它的名字是否应该像"天堂"般迷人呢？"卓乃"二字在藏语里有几种解释。有的说"卓"是"野牦牛"，"乃"有"黑色"之意，即"黑色野牦牛湖"；有的认为"卓"指藏羚羊，"乃"有栖息地之意，即"藏羚羊栖息之地"；有的则将"卓乃"与卓纳敦泽峰（布喀达坂峰）联系起来，认为在藏族的地理文化中，名山必有名湖。正如冈底斯神山与米旁雍措湖，念青唐古拉神山与纳木错湖，玛卿雪山与青海湖等，因此"卓乃"应该当"黑色羽翎"讲，是卓纳敦泽雪峰的圣湖；有的将"卓乃"二字当"产仔地"讲，认为此湖是藏羚羊的千年产仔地，名副其实。这种种富有诗意的地名都配称"卓乃湖"，这些正是卓乃湖的神奇之处。2012 年，卓乃湖从东端决堤倾泻到了格日措（库赛湖），其间形成了一道深深的河谷。河水下切的谷底，据说发现了原始木材，说明曾经的卓乃湖是鸟语花香、树木葱茏的绿色地带。从地形上看，在青藏高原抬升的某个过程中，仲杂措纳（科考湖)、卓乃湖和格日湖（库赛湖），可能是连成一块的汪洋大海。

据说卓乃湖倾泻到格日措（库赛湖）后，格日措溢出来注入了弥底查钦湖（海丁诺尔湖），正在威胁着青藏线上的输油管道和青藏铁路。弥底查钦、弥底查琼和弥底查卡是离青藏线不远的三个盐湖。所谓"弥底"，是指从印度过来的一位佛教大师。他来西藏时，随行的藏族翻译在中途因食物中毒而亡。据说弥底大师最初是为了超度他恩母而来。他母亲去世后，观见她投生到藏族地区的一块无缝石头里，受着地狱的折磨。为了超度母亲，他一路克服千难万险，来到通天河谷。弥底大师一路走来，形成了宗教文化积淀深厚的弥底走廊。传说它曾经在昆仑山脉的巴拉达泽等千年雪山打坐修行时，为三个盐湖进行过开光加持，所以长江源的民间藏医将从弥底查钦等盐湖取来的盐作为第一入药药材。弥底查卡，在1953年前，是一个远近闻名的盐矿。20世纪80年代末，有些商人偷采盐矿，但是没有形成规模。1992年索南达杰首次考察可可西里时，发现有人在偷运盐矿。由于这盐场距离曲麻莱县曲麻河乡多秀大队近一点，所以人们习惯上称它为"多秀盐场"。索南达杰让它恢复了原名，仍然称为"弥底查卡"。奇卡·扎巴多杰带领野牦牛队时，计划规模开采，故更名为"东周盐湖"。

从可可西里走出来，踏上黑色的青藏线，大都有一种重获新生的感慨。进入可可西里，对于过着安逸生活的现代人来讲，确实是一次从身体到心志的严峻考验。

四、回望可可西里

4 月 6 日，我们到达昆仑山口。站在杰桑·索南达杰的塑像和纪念碑前，回望可可西里，那苍茫的天地和宁静而沉寂的山水，依然在脑海中浮现。以前，去可可西里直奔卓乃湖、太阳湖，一提起可可西里，记忆中只有这两处景色。本次地名普查，是一次可可西里的“文化苦旅”。从昆仑山口回望走过的路，具有诗的意蕴和禅的意境。进与出之间，用时间来衡量是 7 天，用路程来衡量为 777 公里，用收获来衡量是 369 个地名。我们首次发现了藏羚羊三大产仔迁徙通道，发现珍稀野生动物猞猁三只。

普查队伍在格尔木市聚会，大家的热点话题还是离不开“可可西里”。“可可西里”这四个字，是加注了神的能量、还是魔的符咒？它有自我升级的能力，是一块英雄驰骋的神奇疆土。我们不妨沿着时间回到格萨尔王时代，从千年的港口顺流而下，沿途看看可可西里吧！如果格萨尔王的女将不曾驰骋于阿卿羌塘，就不会有征服狩猎部落的《格萨尔》史诗《狩猎肉食宗》；如果杰桑·索南达杰年轻的生命不曾为了这块土地及生灵而陨落于太阳湖旁；如果奇卡·扎巴多杰的野牦牛队不曾与盗猎分子浴血奋战，就不会有藏羚羊的母子安宁，这里就没有机会升格为国家级自然保护区，也就很难进入"申遗"的轨道。这一系列事情不假思索地看，好像串联在时间这根无始无终的线索上，顺着它既定的轨道向前推进，这似乎是可可西里的"天命"。但是如果没有那些先烈的宏大愿力，没有前赴后继的善良人们，可可西里也不过是一块荒凉的土地，是一块令人望而却步的"生命禁区"！

位于长江源头的治多县，在格萨尔王统治朵康时代，是名震雪域的巨富——嘎嘉洛氏族驻牧地。由于该区地广人稀，水草丰美，历史上不仅出现了富甲天下的嘉洛家族，而且曾经以"十八大动物王国"著称于世。自古以来，长江源区是野生动物栖息繁衍的王国。治多民间有民谚曰："卡让雅拉（黄河源头）是野牦牛的天地，勒池勒玛（今曲麻莱县措池地区）是藏羚羊的王国，措尺、邦涌是鸟类的法会地，母亲泉（莫曲河源头）是藏野驴的家园，烟瘴挂（通天河第一峡谷）是雪豹的乐园……"

《格萨尔·狩猎肉食宗》中表述格萨尔王登临阿卿卓纳敦泽峰巅（布喀达坂峰），远望羌塘平原时，苍茫天地间，迁往产仔地的羚羊如云雾弥漫，向卓乃湖扩散开来，仿佛整个大地都在移动；追逐嬉戏的藏野驴卷起遮天蔽日的烟尘，用蹄奔腾似雷鸣山呼；野牦牛越过山峰好似夜幕降临，短粗坚硬的角好似万箭攒动……看到如此壮观的情景，格萨尔王发出"阿卿羌塘是动物王国"的气壮山河的千古感慨！

"源文化"考察队

公元 1000 年，阿卿地区（可可西里地区）出现了以打猎为生的三个狩猎部落。他们从最初的维持部落生计的原始狩猎方式逐渐扩展到向外供应，大量人口迁入狩猎地区，从事牟利活动。堪称"动物王国"的阿卿地区，一时面临着物种灭绝的危险。格萨尔王得到阿达拉姆的飞报，率领千军万马挥师北上，征服了三个狩猎部落，并把守护动物的使命赐予了各大神山，祈愿动物永世安宁。

20 世纪 80 年代，随着西部淘金热潮的掀起，成千上万的淘金者像海潮般涌入了阿卿羌塘（可可西里地区），从事非法采金和盗猎藏羚羊、野牦牛的违法活动。昆仑山下尘土飞扬，遮天蔽日，野生动物血流成河，尸骨遍野。

20 世纪 90 年代初，杰桑·索南达杰担任治多西部工委书记，直赴阿卿地区，风餐露宿，深入腹地考察。在短短一年零六个月的时间中，先后十二次深入阿卿地区，破获六起重大盗猎案，最后用自己的生命换来了可可西里的安宁，唤醒了世人的良知。他是中国 20 世纪最伟大的环保卫士，也是无愧于"昆仑之子"称号的人。

20 世纪 90 年代中期，奇卡·扎巴多杰带领的西部工委"野牦牛队"继续杰桑·索南达杰的未竟事业，常年奋战在反盗猎第一线，为保护藏羚羊做出了卓越的贡献，赢得了国内外环保人士和组织的支持、赞誉，为建立可可西里国家级自然保护区做出了不可磨灭的贡献。20 世纪 90 年代末，这里第一家民间环保站"索南达杰自然保护站"在可可西里地区建立，第一家民间环保组织"青藏高原环长江源生态经济促进会"在治多成立，为继承先烈遗志，掀起了江源民间环保事业的热潮。20世纪末，我国为了保护青藏高原生态，造福黎民百姓，先后建立了可可西里国家级自然保护区和三江源国家级自然保护区。21世纪之初，我国推出了建立三江源国家公园体制试点的伟大举措，杰桑·索南达杰曾经提出的"西部六乡"概念范围内的全部土地都列入了这一国家公园。2017年7月，可可西里经世界遗产委员会一致同意，获准列入《世界遗产名录》，成为我国面积最大的世界自然遗产地。由此位于"生态之源"的治多县，其辖地的三分之二被保护区所覆盖。

与格萨尔王保护阿卿地区野生动物的行动一脉相承，江源世居居民与这里的野生动物朝夕相处了上千年，形成了人与自然和谐相处的祥和局面。20世纪末，我国的环保事业发端于昆仑山下藏羚羊的保护行动，可可西里已经成为我国环保圣地，成为引人注目的环保代名词。在阿卿羌塘这片古老的土地上，自古所发生的大事几乎都与环保有着不解之缘。由此形成的一系列故事，将会以地名的形式沉淀在这片英雄的土地上，成为地球"第三极"的"生命禁区"上永恒不变的胎记。

后　记

　　记不清是什么时候，"源"文化的概念进入了我的生活。我与"源"文化似乎是一体的，但生活在"源"文化的浓厚氛围之中，却很少关注和思考过"源"文化的价值和意义。

　　搜寻记忆之源，曾经有一部电视纪录片，是原玉树州政协副主席、玉树州文联首任主席、著名作家昂嘎先生拍摄的《各拉丹冬的儿女》。这是一部令人震撼的佳作，首次将人与"源"相连接，让人们的目光开始转向了自然的存在状态。尽管他已经仙逝，不能看到这套"源文化"丛书。但是，他的思想和精神却在这里延续。他是"源"文化的启蒙者。2008年我的《寻根长江源》，他给予了较高评价，并鼓励我"走出长江源，走向三江源，走向青藏高原"。从那时起，我潜意识里早已认定自己是各拉丹冬的儿女，便在不经意间盼望着能够亲近这座耸立于长江源的雪山。在此后的岁月里，我似乎一直在走向各拉丹冬。直到各拉丹冬的冰川达木完全融化的2002年，我终于站在海拔5000多米的冈加却巴冰川前。当我看着万里长江的第一滴水珠滴落在大地的刹那间，我仿佛洞察到了人类心灵深处那根深蒂固的"源"

文化情结。汉文化对于探源有着 2000 多年的漫长历史。而游牧人因着"逐水草而居"的千年游牧文化，探"源"几乎是与千年的游牧生活相伴的，对于"源"充满了母亲般的感恩。所谓"逐水草"，"逐"的可是人畜生存的基本条件。在青藏文化的千年历史中，虽然未曾发现有关大规模探源的历史记载，但是从游牧人生存的角度而言，一个游牧人或者说一个游牧部落，一定有寻找水源的经历。当我们沿着通天河、黄河和澜沧江寻根溯源时，那注入江河的每一条溪流，都滋养着沿岸的无数生灵。我们可以推想，每条小溪的源头，很有可能都住着一户游牧人家。他们驻扎于此，在不了解游牧生活的人看来，只是人生旅途中一次偶然的停泊。其实，对于游牧人来讲，那是一次探源之旅的选择。在青藏高原的万山之中流动的无数涓涓细流，皆从"源"而来。如果我们人类不以某个概念限定自然的法度，而依照大自然本身固有的状态来讲，整个青藏高原布满了"源"，无数个"源"形成了三江源。在八百里通天河的两岸，除了少数牧户和村庄在饮用通天河水外，沿岸的寺院、村落大都有一条充满传奇故事的饮用水源。

千年的寻根溯源，所寻找的并不仅仅是自然的水源。探寻到某条河流的源头，其实也不过是自然地理的存在形式。那从大地上汩汩冒出的泉水，我们人类的目光未曾与它相遇前，"存在"在那里早已等着我们。为何有人在黄河源头，从沼泽地里冒出的一支溪流前泪眼模糊，诗情喷涌？为何有人在各拉丹冬的雪山脚下，五体投地，叩首大地？为何在澜沧江源的吉祥泉，才想起敬天地、赞日月？所谓"饮水思源"，是人类共同的情感。"思源"一定是不由自主的，就像孩子思念母亲。这"源"字能启开人类情感的阀门，唤回久已迷失于人类文明的童心。它没有民族，不分宗教，也无性别，甚至不限于人类，能够超越人类自制的樊笼。"源"能"启生人之耳目，穷法度之本源"。

在通天河南源莫曲河的源头，有一条泉水，名曰"切果阿妈"。"切果"有源头之意。"阿妈"似乎不用翻译，全人类各民族的语言中都有类似的词语。如此普通的一条泉水，却点开了"源"的密码——母亲。传说宗喀巴大师，少年离开家、离开母亲，西去拉萨求学，终生钻研佛学，探究人生哲学，开创了显密圆融的新学派。到晚年，已是声名远播的大智者、大成就者，被尊称为"佛陀第二"。传说某天，他在甘丹寺东边山腰传法，忽闻布谷鸟鸣叫。这声音勾起他对远在宗喀山下的母亲的怀念，大师不由自主地叫了声"阿妈"。传说弥底大师是印度的大班智达。他远离自己的家乡，抛却地位和名誉，跋山涉水来到雪域高原，甘愿过给人打工放羊的生活，据说是为了超度投生雪域受难的母亲。我想他也曾经在心底无数次地呼唤过"阿妈"。那可是他生命的源头啊！

江河溯源，那源头便是一切生命的"切果阿妈"。历史探寻到原始，神话是历史之源；哲学的发端，与神话相连；充满传奇的神话是信仰诞生的源头；生命追寻到起点，母亲是最后的归宿。一切民族的文明源头，都有一条被称为"母亲"的江河。这"母亲"乃是万物之源，生命之源，文明之源。

我们在源头看到的不仅是江河的摇篮，其实在那里能够寻找到人类的情感之源，哲学的思想雏形，神话的原始风貌，史诗的现场演绎，文明的一缕曙光。总之，那里充满了"源"文化的氤氲和诱惑。

我一直想用文学的方式向世人展现"源"文化的魅力。缘此，2017 年，在玉树州政府的有力支持下，组织发起了"中国人文生态作家团'源'文化考察活动"，使一批智慧而充满情感的著名作家，踏上了"源"文化的生发现场，他（她）们从不同层面，以不同视角观照那充满母爱和魅力的"源"文化，并以各自的方式表达了不同的思想。

古岳是一位行走大地的智者。他是用纪实性的笔法探求真理的大作家，同时又是守望三江源，投身"源"文化的生态守护者。二十多年的岁月里，他持续《忧患江河源》，他深深眷恋着这片土地，他甚至有《写给三江源的情书》。他的《冻土笔记》是超验地观察到并忧患源文化之"源"的一部力作。杨勇，是一位解读三江源地理密码的行走者。自 20 世纪 80 年代勇漂通天河之后，他与"源"文化结下了不解之缘。三十余年，三江源的山水间留下了他的脚印。《发现三江源》，必定是他探险人生的精彩篇章。于坚，"作为中国第三代诗人的代表人物"，近年"他在散文方面又大放异彩"。他的《在源头》，以现场感极强的语言传递一种"源"文化的魅力。王剑冰是一位满怀诗情的散文大家，他以一位朝圣者的心态踏上了"源"文化寻根之路，以无限崇敬之情用他的笔墨捧起了《江源在上》。唐涓，一位深情关注青藏文化的散文家。她观察独到、文笔细腻，她的散文具有"诗化语言"的魅力。她虽身在城市，但她的情感在《江源栖居》。随着对"源"文化的不断深入了解，我发现自己永远只是一个求道者。所谓"道法自然"，我问道的重点在"源"。"源"文化是取法于自然的"道"，因而我越发觉得自己只有谦卑地《问道三江源》的资格。

"源文化"丛书，即将面世。这套丛书的完成倾注了许多人的心血和汗水。丛书的每一位作家，全身心投入"源文化"的考察，付出了辛勤和智慧。在感谢几位作家的同时，不能忘记一起走过三江源的著名摄影家高屯子，《三江源生态人文杂志》主编杨上青女士，诗人爱若兄、耿国彪和赵永红女士等几位知心朋友。在此向各位朋友表达诚挚的谢意！丛书所以能够与读者见面，归功于玉树州政府及才让太州长的有力支持。才让太州长似乎对"源"文化早已有着深刻的思考和研究，稍稍点开，便能兴趣盎然地与你畅谈三江之源。在此，我用恭敬的双手向才让太州长献一条感恩的哈达！

在此要特别感恩的是著名作家马丽华。2017年，她不仅亲临"第三届嘎嘉洛文化学术研讨会——'源'文化论坛"现场，而且应诺为"源文化"丛书作序。她的《走过西藏》曾经给了我无限的希望和自信。从那时起，我开始关注青藏高原，关注青藏文化，审视自己脚下的这一片热土。从某种角度而言，《走过西藏》是"源文化"最接地气的佳作。其次要感谢著名画家嘎玛·多吉次仁（吾要）。他怀着对三江源故土的一片情怀，欣然答应承接"源文化"丛书的装帧设计工作。他是美术界的"哲学家"。他在三十多年的艺术探索中，创造了独特的艺术语言与符号元素，作品内涵丰富、寓意深邃。从他的绘画中能够看到佛陀的般若、老子的智慧。感谢原玉树州文联主席彭措达哇的热情支持和积极参与，感谢杂多县委书记才旦周的关怀和支持，感谢索南尼玛、布多杰、欧沙、才仁索南和阿琼等朋友无微不至的后勤工作和呵护。

最后还要郑重地感谢青海人民出版社总编辑王绍玉先生，他在丛书的出版上给予了大力的支持。感谢我的妻子及家人的支持，因为家是我心灵停泊的码头和扬帆远航的动力。

文 扎

2020 年 9 月底初稿

2020 年 10 月底修订